CUENTOS CLÁSICOS

Charles Perrault

Edimat Libros, SA

Copyright © EDIMAT LIBROS, SA
C/ Primavera, 10, nave 35
28500 Arganda del Rey
MADRID-ESPAÑA
www.edimat.es

ISBN: 978-84-9794-602-5
Depósito Legal: M-1309-2024

Título: Cuentos clásicos
Autor: Charles Perrault
Traductor: Teodoro Baró
Nota preliminar, presentación, revisión, traducción adicional y notas: Pedro Ruiz de Luna
Diseño e ilustraciones de cubierta: Karakachoff Estudio

Impreso en España - *Printed in Spain*

NOTA A ESTA EDICIÓN

Presentamos en este libro la edición completa de los doce *Cuentos* de Charles Perrault, incluyendo el *Prólogo* que el mismo autor escribió para la edición en 1697 de la primera colección de ocho de ellos, cuyo título original fue *Cuentos de mi madre la Oca. Historias o cuentos de los tiempos antiguos (Contes de ma mère l'Oye. Histoires ou contes des temps passés)*.

Se ha partido de la traducción española que para la edición de 1883 realizó Teodoro Baró, (1842-1916, político, poeta y escritor nacido en Figueras), para la Librería de Juan y Antonio Bastinos, *Cuentos de hadas por Charles Perrault*. Hoy accesible en la Biblioteca Virtual Cervantes. Consta de once cuentos, sin prólogo.

Con el objetivo de hacer la lectura más accesible a los lectores de hoy, se han revisado y pulido ciertas expresiones que figuran en la traducción de Baró, y se ha actualizado el uso formal de guiones y comillas en los diálogos. Abundan en su traducción laísmos y leísmos («la dije», «le mató») que en su época eran de uso común. Posteriormente, la Real Academia Española transformó su criterio sobre la casuística de los pronombres personales, pero en muchas zonas de España aún persiste su uso, que hoy consideramos anticuado, e incluso erróneo o vulgar.

Asimismo, se han sustituido por sinónimos las palabras que pueden resultar ofensivas o molestas para quien lea fuera de España, que aquí no lo son y por eso se utilizaron; y se han adaptado al uso de hoy expresiones como «alzáronse», «díjole», «oyéronlo» que también eran moneda corriente por entonces, pero que hoy nos resultan pomposas y grandilocuentes, acaso simpáticas, pero distraen de la lectura. El propósito de todo ello no es otro que el de proporcionar a quien hoy lea estos *Cuentos* el mismo tipo de experiencia fluida de lectura que disfrutaron quienes los leían en el siglo XIX, la época de Baró.

Con objeto de que los textos de Perrault estuvieran completos, se ha añadido a pie de página la traducción de algunas de las «moralejas» —tan importantes para Perrault— que Baró suprimió o cambió con sus propios versos. Además hay otras notas con los fragmentos que no figuran en su traducción.

Sobre esto último cabe decir que en uno de los trabajos consultados (MARTENS) se sugiere que fue Baró quien, por razones personales de gusto o de creencias, decidiera suprimir esos fragmentos. Ahora bien, en otro (LES BOURLAPAPEY) se indica que esos mismos párrafos ya fueron alterados en varias ediciones francesas posteriores de los *Cuentos*. Si tenemos en cuenta que la primera edición española es de 1824 —es decir, 127 años después de la original de 1697—, y añadimos el tiempo transcurrido hasta 1883 nos ofrece una idea de la cantidad de posibles ediciones francesas posteriores a la primera que se hicieron en ese intervalo de casi doscientos años. Desconocemos de cuál o cuáles partió Baró para la traducción. Cabe pensar, pues, que es bastante probable que no fuera el propio traductor quien decidiera suprimir estos pequeños textos, infringiendo así la norma de fidelidad en la traducción, sino que quizá sea que, sin saberlo él mismo, partió de un original francés en el que ya alguien hubiera decidido que por alguna razón no le gustaban pasajes como «Pulgarcito hizo su fortuna con sus botas de siete leguas, sirviendo de mensajero entre las damas de la corte y sus amantes en el campo de batalla».

Al menos, nos queda la duda. Aparte de esto, confiamos que la lectura de estos *Cuentos,* así restaurados, sea una experiencia hecha muy grata por la excelente traducción que de ellos hizo Teodoro Baró en el pasado, y que de esta manera renovada presentamos a los lectores de hoy.

Fuentes:

Traducción de los *Cuentos* de Perrault, por Teodoro Baró. Biblioteca Virtual Cervantes. Once cuentos, sin prólogo.

CHARLES PERRAULT *Contes;* les Bourlapapey, bibliothèque numérique romande.

Los cuentos de hadas de Charles Perrault en la traducción de Teodoro Baró (1883), de Hanna V.L. Martens.

Real Academia de la Lengua Española.

INTRODUCCIÓN

Charles Perrault,
o el corazón de los cuentos

Sería difícil encontrar alguien hoy, a menos que imaginásemos algún lugar remoto donde aún no haya alcanzado el brazo de la Civilización, que no conozca al menos uno de los cuentos de Charles Perrault, como sería difícil imaginarse la vida sin su influencia. Y decimos que «son» de Perrault pasando por alto que las fuentes donde se inspiró para sus escritos tienen orígenes remotos en la cultura europea; algunos, como el de *Cenicienta,* con raíces hasta en el antiguo Egipto y en los mitos babilónicos. Pero son «de» Perrault en la medida en que él supo tener el oído muy atento a todas estas narraciones y arte para plasmarlas luego en la forma de los cuentos que conocemos.

En la cultura europea de su época, como en la Francia del Rey Sol, y en la de todas las épocas europeas anteriores y posteriores —sin televisión, ni radio, ni teléfono, ni electrónica digital, ni Internet, ni noticias que vuelan— circulaban todas estas historias y cuentos al amor de majestuosas chimeneas de palacio y lumbres pobres de aldea. Viene a la imaginación la escena: niños, jóvenes y mayores escuchando al calor del fuego, en una tarde de lluvia o una noche de nevada, la narración con que un anciano o una abuela los hipnotizan, porque pone en su voz de narrador los acontecimientos cambiantes de cada escena de la historia, y en sus gestos el dibujo de las voces y los movimientos de los protagonistas, para transmitir más claramente el drama, más emocionantemente. En hogares incontables de cientos de generaciones ha sido real esta escena, y vivida muchas veces a lo largo de las vidas que transitaron por esos mismos hogares.

Como innumerables son y eran las versiones de estos cuentos. Pero todas ellas conservan en sí los mismos arquetipos propios a cada uno. En todas sus versiones, Cenicienta es la misma representación de la nobleza de corazón frente al desprecio y al insulto de sus malvadas hermanastras, que a su vez son encarnaciones de la envidia, el odio y todo aquello que lastra el alma y el entendimiento humanos. Y Maese Gato representa siempre a la inteligencia práctica, por más que sus acciones propagandísticas en pro de su amo pudieran desprender cierto aroma sospechoso, bordeando y acaso traspasando los límites de la ética actual con sus nada veladas amenazas.

Hay quien cree y sostiene que estos cuentos, mantenidos vivos durante siglos por la tradición oral, están destinados exclusivamente a los niños; pero quizá eso sea olvidarse de que son perfectamente capaces también de hacerse leer y escuchar con agrado por todas

las edades. Estos *Cuentos* de Perrault (ahora, ya sí) se escucharon desde su nacimiento en los salones literarios de la corte de Versalles, con Luis XIV de público, leídos por el mismísimo Maese Perrault. Y fueron leyéndose y escuchándose en cada hogar adonde su creciente fama los fue llevando tras su publicación. Será que en todos esos hogares se conocían ya de antiguo estas historias y que por ello las reconocían, con el gusto que da la familiaridad, como dar la bienvenida en casa a un querido pariente lejano, pero que algo mágico en la forma que dio Perrault a sus *Cuentos* les hacía disfrutar a todos otra vez como los niños que fueron cuando les contaban aquellas historias, y por eso quisieron que también los suyos, sus niños, las escuchasen, las leyesen y las disfrutasen en esa forma.

Y también por eso aparecen, siempre dentro del decoro[1], alusiones pícaras y muy inteligentemente urdidas, como ocurre en el cuento de *La bella durmiente del bosque,* en que, tras el despertar de la princesa herida con el huso y sus bodas con el príncipe que llegó justo en el momento, el narrador dice que pasaron la noche juntos y que «y la dama de honor les echó el visillo[2]; durmieron poco, la princesa no lo necesitaba mucho». Muchísimos niños habrán reído con la broma: «¡claro, si llevaba cien años dormida!» y seguirían

---

[1]   En siete de las ocho acepciones de la palabra según la RAE.

[2]   Las camas de los palacios y castillos de la época disponían en las esquinas de cuatro pilastras o postes de madera, labradas según los medios de cada uno, destinadas a sostener el baldaquino, o dosel de tela de seda o damasco, y de donde podían correrse o descorrerse visillos o cortinas ligeras que colgaban entre ellos. Esto proporcionaba un mejor control de mosquitos y moscas, de la temperatura del lecho y de la intimidad de los ocupantes.

adelante con la acción; mientras que en los mayores se dibujaría una sonrisa suave, de las que nos hacen bajar levemente los ojos por un momento, como vuelta hacia dentro, ante la sugerencia de lo que necesitaba hacer la princesa, en la intimidad de los visillos corridos, con su reciente marido en lugar de dormir, que eso mucho no lo necesitaba y prefería recuperar el tiempo perdido (aunque lleno de sueños agradables). Hoy lo llamaríamos eufemismo, pero es de destacar el ingenio (el *esprit* francés) con que maneja Perrault los dos niveles de su frase. Habilidad que él mismo se encarga de explicar en su *Prólogo* cuando nos dice que no escribe nada que pudiera ofender el pudor o la decencia.

La influencia de estos cuentos se ha sentido a lo largo de los siglos posteriores y aún se siente hoy. La gran cantidad de creaciones musicales que nacieron inspiradas en los cuentos es una lista larga, pero hay que destacar al menos las óperas y ballets en los que compositores de talla, desde Gioachino Rossini a Béla Bartók, pasando por Jacques Offenbach y Paul Dukas, quisieron hacer ellos mismos de narradores y decirnos estos cuentos arropados en los gestos de sus músicas. Y la que tuvo en poetas y filólogos románticos, como los hermanos Jacob y Wilhelm Grimm y Hans Christian Andersen, que comprendieron la veracidad y la validez de su impulso. Y cabe mencionar las películas en las que dibujos o actores nos atrapaban la mirada para envolvernos más en la fascinación de sus historias. Esta influencia sigue viva y activa hasta en el lenguaje de hoy, como muestra el que Cenicienta sea ya el nombre propio —y suficiente descripción, basta la palabra para entenderlo en el momento— del surgir o resurgir de las cenizas.

Charles Perrault nació en París en 1628, hijo penúltimo o último de una familia acomodada[3] («de posibles» es la expresión coloquial española, como queriendo destacar que esa persona o familia tiene la capacidad de hacer posibles las cosas al no padecer de limitaciones económicas), su padre era abogado del Parlamento. Este nacimiento afortunado y gemelar —su gemelo, François, no vivió más que seis meses; era muy alta la mortalidad infantil en esa época y así siguió en muchas posteriores[4]— le proporcionó la atmósfera de atención y dedicación a la belleza, como alimento de la sutileza del alma, que permitía ese acomodo familiar. Entre el estímulo de padres, hermanos y parientes fue desarrollándose en su ánimo el ingenio agudo y la respuesta pronta con los que podemos definir lo que significa el *esprit,* el espíritu —*daemon* o genio— francés. Y sin duda, rodeado de adultos escuchó por primera vez los cuentos, las historias de tiempos antiguos que por todas partes circulaban.

Fue educado en Beauvais, eminente centro de enseñanza, formador y perfeccionador de su gran base

---

3   No hay datos de su otro hermano, Jean.

4   Hasta entrado el siglo XX hubo muchos padres cabezas de familia que prácticamente no conocían a sus hijos antes de llegar estos a los tres años de edad, para no desarrollar un cariño hacia ellos que se viese tristemente frustrado por la Muerte.

cultural, y donde siguió afinando su ingenio motivado por el estímulo intelectual constante que representaba el centro. Allí, entre las otras materias de su formación en las que sobresalía, demostró un interés especial en el estudio de las lenguas que ya eran muertas en su época. En el siglo XVII era algo natural que parte muy importante de la educación de los jóvenes fuera traducir fragmentos escogidos de los grandes escritores y filósofos griegos y romanos, puesto que esto les otorgaba la base humanística (estamos en el siglo inmediato posterior a los siglos del Renacimiento, y bajo la influencia directísima de él) que se consideraba esencial para una buena y sólida formación de todo joven.

Y allí también se aficionó, con esa entrega de quien acaba de descubrir lo que apasiona, a la Literatura, como continuación de lo leído y lo oído en la casa paterna. De sus lecturas clásicas compuso una *Eneida travestida*[5], definida como «agradable», en colaboración con otros compañeros intelectuales en cierne, su amigo Baurin y sus hermanos Claude[6] y Nicolás[7].

Completó los estudios de Derecho, que había comenzado en 1643, colegiándose en 1651. Con el apoyo del mayor de sus hermanos, Pierre[8], consiguió entrar en la Administración del Estado, donde fue ocupando varios y diferentes cargos administrativos. Pierre era director de la Recaudación General de Hacienda, que estaba bajo la supervisión directa del ministro Col-

---

[5]   En el sentido de «disfrazar», *Eneida disfrazada* sería otra traducción posible.
[6]   1613-1688, médico y arquitecto.
[7]   1624-1662, teólogo y doctor en la Sorbona.
[8]   *ca.* 1608-1680, hidrólogo y escritor, pionero de la Hidrología.

bert[9], y lo hizo entrar en esa Administración en 1654; en ella trabajó en labores de funcionario impositivo hasta 1664. Consiguió más tarde, debido también a la influencia de su hermano Pierre, formar parte de la comisión que se encargaba de decidir y redactar todo lo que se inscribiera en los monumentos públicos[10], y el cargo de Superintendente de las Construcciones Reales. Esto le permitió participar en la creación de varias instituciones, como la Academia de las Ciencias, la restauración de la Academia de Pintura y la fundación de otras escuelas de Escultura y Arquitectura, pues era hombre que tenía la mayor fe en el desarrollo humano a través de las Artes y el Conocimiento.

En medio de esa agitada e interesante vida de funcionario, siempre colmada de sus esfuerzos en favor de sus ideales, la Literatura siguió presente en él, ejercitada en los pocos momentos que no ocupaba su trabajo. Era cosa habitual que los creadores en prosa o verso del siglo vertieran sus creaciones en alabanzas a la majestad reinante, en este caso la de Luis XIV[11] de Francia, el monarca absoluto que era en sí mismo el Estado *(L'État c'est moi,*[12] parece que dijo para resaltar el origen divino de su mandato —y por lo tanto de su propia divinidad—, pues así se creía por entonces, aunque esa frase quizá fuera en realidad una expresión irónica acuñada por sus críticos y detractores), y así cumplió también Charles Perrault en odas, discursos,

---

[9]   Jean Baptiste Colbert (1619-1683).
[10]   Llamada posteriormente Academia de Inscripciones.
[11]   1638-1715.
[12]   «El Estado soy yo».

poemas y otras obras en alabanza al rey y a lo divino de su reinado. Es de esa época su obra *Los muros de Troya* (1661), en la que, siguiendo la afición de la época por todos los aspectos y héroes míticamente clásicos heredada del Renacimiento, vierte todo el caudal de conocimientos adquiridos en sus estudios con su mano ejercitada en obras anteriores.

Charles Perrault, al hilo de lo que parece ser una constante tendencia natural entre artistas creadores, sobre todo entre pintores y escritores, fundó un grupo de amigos literatos en el que participaron varias figuras consagradas. De esa época (hacia 1660) son sus poesías *Le miroir, ou La métamorphose d'Orante* (El espejo, o La metamorfosis de Orante), y *La chambre de la justice d'amour* (La sala de la audiencia de amor), asimismo dentro de la temática mítica y arcádica de moda.

Su personalidad y sus inquietudes por el desarrollo humano lo llevaron a frecuentar los salones de palacios y residencias. Era también muy habitual por entonces que los «altos señores y damas» organizasen reuniones y saraos donde agrupar a las mentes más agudas y los espíritus más creadores para que creasen la atmósfera de refinamiento y amor por la cultura y las Artes con la que los altos aristócratas querían recibir a sus invitados. Músicos, poetas, escritores, actores, arquitectos, científicos y todos cuantos descollaban podían encontrar en esos salones ocasión de mostrar sus capacidades y de brillar con ellas. Como harían más tarde Voltaire[13] y muchos otros en el ilustrado Siglo de las Luces. Cenáculos en los que se compartía la chispa y el ingenio, el comentario agudo y la crítica sutil, la reflexión profunda, el humor inteligente. Y, de nuevo, los cuentos de los tiempos antiguos, aliñados con los de Chaucer para la sal y los de Bocaccio para la pimienta. Eran el lugar adecuado para que personajes de alta cultura y elevado ingenio, pero carentes de nobleza aristocrática los más de ellos, pudieran obsequiar sus dones a todos los presentes, y por supuesto a quienes podían brindarles la protección de su poderoso patrocinio. Hoy día diríamos que era la forma de establecer la necesaria red de contactos. Probablemente con una red así fue como entrara en contacto con el poderoso Colbert.

En 1671 entró Perrault a formar parte activa en las deliberaciones de la prestigiosa Academia Francesa. Su entrada se debió al influjo de la Alta Política, y su tarea académica consistía en apoyar esa misma política con el refuerzo intelectual, filosófico y artístico a la autoridad de la Monarquía, desde el prestigio reconocido de esa institución. Pero no se limitó a cumplir con el encargo de Colbert, y desde su posición de Secretario (1663) y más tarde de Canciller (1671) planteó reformas en la organización de la Academia y en el sistema de elección de sus miembros. Movido por su impulso de hacer partícipes a los ciudadanos dentro y fuera del rango académico, consiguió que las sesiones de debate de la Academia estuvieran abiertas al públi-

---

[13] FRANÇOIS-MARIE AROUET (1694-1778), conocido por ese apodo.

co (1672), para lo cual logró que la sede de la misma se situase en el Louvre.

Lo mismo que es necesario conocer una época y su cultura —aunque fuera lo mínimamente imprescindible, la raíz o núcleo—, para comprenderla lo suficiente como para que pueda mostrar su auténtica dimensión, es preciso conocer al hombre en la época para que ese conocimiento arroje una perspectiva mayor, y a menudo sorprendente y clara, sobre su realidad humana. Charles Perrault fue hombre culto, conocedor profundo de las lenguas y tradiciones clásicas, abogado en leyes y letrado en lecturas, al tanto de los progresos humanos y del desarrollo de las Ciencias, estimulador de las Artes, y estaba dotado del ingenio rápido y discreto con el que se hiciera admirar y apreciar por sus contemporáneos. Todo ello le proporcionó sin duda el favor de los poderosos y los beneficios de su influencia. Pero era también un hombre grandemente generoso que carecía de envidia y de malicia. Sus horas y sus relaciones no las dedicaba a estar pendiente de las críticas de los demás, ni a emplearlas en calcular y prevenirse de los movimientos y posibles zancadillas de sus rivales. Era de los que no se esconden, porque no se toman a sí mismos tan en serio como para adoptar una postura recelosa, circunspecta y atenta a las posibles trampas de los otros. Vivir el constante esfuerzo —tan consumidor de tiempo y energías— de vivir una vida en función de los demás no le interesaba ni siquiera como defensa ante ellos. No era desprecio, altivez o arrogancia con lo que su espíritu noble se manifestaba, sino su gran equipaje de inocencia, cuidada y acrecentada a lo largo de toda su vida. De ese «no saber» de los niños, voluntariamente recuperado cuando sí se sabe.

Esta inocencia se manifestaba claramente en su particular modo de ser, llenando sus gestos y sus ojos de limpieza, algo tan infrecuente que llevaba a la sospecha. Tal vez precisamente por esto, no se libró de querellas con otros escritores, a las que respondió con su habitual grandeza de ánimo, pues no cesó nunca de alabar a sus rivales y utilizar su influencia en el Gobierno para conseguir pensiones y premios para ellos. La que lo enfrentó a Boileau[14] y sus seguidores, duró prácticamente el resto de su vida, hasta incluso después de que ambos se amistasen de nuevo. Esa «querella de los antiguos y los modernos» en la que se enfrentaban dos concepciones contrapuestas sobre la evolución de la Literatura, se hizo tan famosa que llegó a ser la que hoy llamaríamos «querella del siglo».

Estalló con la lectura que hizo Perrault en la Academia (1687) de su poema *El siglo de Luis el Grande*, en el que sostenía la superioridad de los escritores modernos sobre los clásicos. Esta hipótesis casa bien con lo ya dicho sobre él y las circunstancias de su vida que lo llevaron a su fe continua en el progreso humano y de las Artes en función del progreso de las Ciencias y del Conocimiento. Un sabio anterior ya había dicho en el Renacimiento que si bien hoy podemos considerarnos unos enanos al lado de la talla de aquellos gigan-

---

[14] Nicolas Boileau-Despréaux, conocido más como Boileau (1636-1711), poeta y crítico francés.

tes —pensemos en Homero o Virgilio—, sin embargo, nos encontramos subidos a hombros de esos gigantes, por lo que nuestra vista puede alcanzar aún más que la suya. A pesar de la solidez del argumento, Boileau y sus seguidores no dejaron de sospechar que detrás de aquel panegírico había cierto interés propagandístico a favor de la monarquía de Luis el Grande, una causa más política que artística, e iniciaron la controversia acusando a Perrault de querer corromper el Arte.

Intervinieron muchos seguidores de ambos bandos, junto a sus respectivos jefes de fila. En ella llegó a participar también Racine[15] con algún ingenioso epigrama ridiculizando la hipótesis de Perrault. Los mentideros de calles y salones y la Prensa iban divulgando las réplicas y contrarréplicas, y los públicos comenzaron a saborear los jugosos argumentos del debate. (Le hacen a uno remontarse al debate célebre entre Góngora y Quevedo, que, aunque este se basara en temas formales del lenguaje y no en temas filosóficos de mayor calado aún, produjo también chismorreos en corrillos y mentideros, enjundiosas anécdotas y poemas muy célebres.) Perrault remachó la polémica explicando sus teorías en la obra *Comparación entre antiguos y modernos*, que escribió en cuatro tomos entre 1688 y 1697. Respondió satíricamente Boileau con sus *Reflexiones críticas sobre Longino*[16], al que contrarreplicó Perrault con su *Elogio de las mujeres*[17]. La contro-

---

[15] JEAN RACINE (1639-1699), dramaturgo, considerado junto a CORNEILLE y MOLIÈRE como los mayores dramaturgos franceses del siglo XVII.
[16] *Réflexions critiques sur Longin.*
[17] *Apologie des femmes.*

versia llegó aún más allá del momento en que los jefes de cada tendencia llegaron a un acuerdo, e impregnó la atmósfera con la que se preparaba el advenimiento de la Ilustración en el siglo siguiente. Y parece que este Siglo de las Luces, proveedor de la revolución de carácter científico, acabó por refrendar la hipótesis de Perrault. Cuando finalmente se apartó de la polémica, lo hizo tras publicar su libro *Los hombres ilustres que han surgido en Francia durante este siglo,* escrito entre 1696 y 1700, en el que persiste en sus tesis de que en el siglo se veía más lejos que en la antigüedad.

La buena sombra que cobija también puede desaparecer en el momento mismo que decida el buen árbol que la proporciona. En 1680, Charles Perrault se había visto obligado a abandonar su puesto de primer funcionario en favor del hijo de Colbert, y perder así el patrocinio de la sombra del poderoso ministro. Sin ataduras de trabajos funcionariales, Perrault decidió entonces dedicarse por entero a la Literatura como creador, y volcarse sobre los cuatro hijos que había tenido con Marie Guichon, con quien se casó en 1671 y de la que enviudó en 1678, tras su último parto. Y en 1683, a los cincuenta y cinco años de su edad (como se decía antiguamente), alimentado de esa vida familiar y lejos del ajetreo de políticas y comidillas, explorando en su propia niñez a través de los ojos sus hijos, encontró el aliento para escribir sus *Cuentos,* los *Cuentos de mi madre la Oca.* Fue publicándolos sueltos en revistas como *Mercure de France.* A la vista de la acogida favorable que iban teniendo, decidió presentarlos en forma de colección en un libro al que llamó *Contes de ma mère l'Oye. Histoires ou contes des temps pas-sés* (Cuentos de mi madre la Oca. Historias o cuentos de los tiempos antiguos), que se publicó en 1697 con ocho de ellos, los más conocidos.

Supo encontrar en los pliegues de su memoria el núcleo de las narraciones tradicionales escuchadas en salones y aldeas, y de su extensa formación humanista y su inteligencia (otra forma del *sprit)* pudo comprender su riqueza y su antigüedad, pues muchos de los arquetipos representados se remontan a los mitos griegos, y a otros aún más antiguos —Egipto, Persia o Babilonia son nombres que evocan una antigüedad milenaria en sí mismos—. Esto se muestra claramente expresado por él mismo en su *Prólogo* a aquella colección del libro de Mamá Oca. Y las potencias todas de su entendimiento, y su sensibilidad y aprecio por la Belleza fueron las hadas madrinas que asistieron en su gestación, y le otorgaron como don la magia que hace que trasciendan al tiempo y a los avatares de la Cultura a través de la Historia.

Conviene tener siempre en cuenta las características sociales y culturales de las culturas y las épocas. Perrault no circunscribe sus cuentos a un paisaje o a un tiempo determinados. De hecho, en el cuento de *La princesa habilidosa, o las Aventuras de Fineta,* aunque sí empieza situándolo en la época de las primeras cruzadas (final del siglo XI), nos dice también que «un rey de algún país[18] de Europa» —sin ofrecer más

---

[18] *Un roi de je ne sais que quel royame de l'Europe;* literalmente, «un rey de no sé cuál reino de Europa», pero dicho con el tono que recuerde al lugar de la Mancha de cuyo nombre no quieren acordarse.

detalles sobre qué reino o país—, se decide a acudir también a Palestina. Lo importante aquí es que el rey va a ausentarse por un largo período, el decisivo para que transcurran los hechos de la narración; pero Perrault aprovecha para situarlo en lo que ya entonces, visto desde su siglo, era un *temps passé*, un tiempo antiguo. Por eso nos parece que tienen todos ese aire como medieval, de un tiempo en que eran paisaje común las situaciones, los vestidos y las reacciones de los personajes; y nos transporta a una época de reyes y princesas, de pescadores y hadas, de encantamientos y animales que hablan y proporcionan la fortuna o avisan de la falsedad, de ogros —nuestros *trolls* de hoy— y enanos, de castillos y cabañas; una época en la que todo aquello se nos antoja posible.

Y también conviene no perder de vista los aspectos en que una determinada cultura puede influir sobre las conductas, pensamientos, creencias y reacciones de quienes la viven. En esa incierta, amplia y a medias ensoñada época medieval en la que Perrault situó los *Cuentos,* encajan también los condicionantes psicológicos que mueven a los personajes, de modo que son también un reflejo claro de la mentalidad europea de su tiempo. Tal vez por lo de universal que tienen los arquetipos que representan. Hoy acaso hayamos perdido el arte de leer, o las lentes con las que mirar y entender esos aspectos y no sepamos bien cómo leerlos e interpretarlos en su justo contexto, y por ello ciertas reacciones, situaciones y moralejas pueden parecernos hoy sospechosas o tendenciosas, cuando no inaceptables.

Por eso en los cuentos aparecen personajes y situaciones en las que arquetipos representados —de todo tipo: mítico, psicológico, político, social, hay quien ve en ellos significados profundamente esotéricos y sostiene que de esas escuelas mistéricas ancestrales nació el germen de las narraciones— viven y se desenvuelven en un escenario mágico y atemporal, distinto del nuestro y tal vez su raíz; otra realidad en la que es posible que los gatos lleven botas y las princesas zapatitos de cristal. Donde es posible y hasta lógico que las hadas sean por lo general buenas y dadivosas, y los ogros y ogresas seres capaces de la abominación de comer niños y de degollar a sus propios hijos. Donde hay niños diminutos y astutos que logran ponerse las botas de un gigante y recorrer siete leguas[19] de una zancada («¡qué barbaridad, treinta y cinco kilómetros!», y aquí era donde veíamos a Pulgarcito, hecho un gigante, cruzar con pasos decididos y enormes sobre bosques, ríos y montañas trabajando de Mercurio, el Mensajero[20]; a todos nos hubiera gustado mucho ponernos esas botas, aunque sabíamos que «cansan extraordinariamente a quienes las llevan»); o un hada buena que se sube a un carro de fuego tirado por dragones para salvar en un instante, alertada a la urgencia por un gnomo que calza esas mismas botas mágicas, las doce mil leguas que la separan del bosque donde la bella acaba de quedarse dormida.

---

[19]   Unos treinta y cinco kilómetros.
[20]   Ahora los dioses son distintos y tienen cara de damas de corte y señoras casadas, pero los alados pies de ambos son la misma representación del mito *(mythos,* «sabiduría transmitida oralmente en forma de cuentos»).

Donde un príncipe oportuno y una durmiente despierta tengan como hijos a la Aurora y al Día, a los que deben proteger de la suegra, la madre de él, presunta ogresa. Donde los depredadores sexuales se visten de lobo al acecho de ingenuas con las que saciar su hambre de carne inocente y fresca; o de expertos en labia y taimados calculadores al asalto de las altas torres donde anidan las presas que desean[21]. Donde un rico tenga un horrible aspecto, sin duda aterrador, por tener la barba azul[22], y que eso lo marque como asesino de mujeres; pero en donde a su viuda le toca la lotería de la herencia y la reparte de la manera medieval que perdura en algunas canciones tradicionales.

Donde nadie se extraña de que un gato hable, hasta el punto de no hacerle gran caso; donde ese mismo gato emprende una de las primeras campañas de relaciones públicas de las que se tiene noticia en pro de su amo (aunque sus métodos tengan un mucho de fingimiento y de extorsión, pues amenaza a unos y otros con destrozarlos «hasta hacer picadillo con vuestras carnes»); y, ya transformado en Maese Gato engañe al ogro en un sencillo y astuto juego de birlibirloques para zampárselo y apoderarse de las famosas botas.

El escenario donde las hadas otorgan regalos milagrosos a maravilla, y hacen que broten perlas o alima-

---

[21]   Por ahí andan Tenorio y Casanova, personajes ficticios y reales que según la moral de cada época adquieren una dimensión u otra.

[22]   Es posible que la interpretación esotérica ilumine la extraña idea, fundamental en la historia, de que alguien resulte espantoso por tener la barba de ese color, que bien pudiera ponerse de moda en algún momento; o que la alusión al color esconda una referencia a algo como un mote de familia, para identificar mejor al sanguinario barbudo, asesino de esposas.

ñas de la boca de unos y otros; o transforman ratones en caballos y ratas bigotudas en cocheros a condición de la hora de caducidad de la magia, que se amplía y perdura cuando uno del par de frágiles zapatitos queda atrapado en la otra dimensión del palacio y por eso no desaparecen. Donde un encopetado es tremendamente inteligente pero feo con ganas, aunque tiene el poder de hacer inteligente a otro, dando de lo suyo; y donde una de las dos princesas contrapuestas y complementarias recibe el don que corrige la tontería que hay dentro de su belleza, y ahora es esplendorosa. Y que ella misma conozca que tiene el poder paralelo de hacer hermoso a quien ella quiera[23], e inaugure así el triunfante final que restaura el equilibrio.

Donde existen asnos que depositan estiércol de oro[24] puntualmente cada mañana; donde la vestida con esa piel vive un destino secreto y humilde del que la saca un anillo de oro[25]. O que sea el propio Júpiter quien se disfrace de hada y como genio de la lámpara conceda los tres deseos, que se malgastan por la ridiculez humana. Donde princesas bobas y vanas caen en manos de seductores y las avispadas salen con bien de todo, hasta de la horrenda tortura a las que van a someterlas.

Y donde viven príncipes que experimentan una «monomanía necia y vulgar» en contra de las muje-

---

[23]   Dentro del cuento hay una larga e interesante meditación acerca de la percepción de la Belleza.
[24]   Quizá una referencia a *El asno de oro* de APULEYO.
[25]   Abundan ejemplos de la simbología de los anillos; en este caso sirve para identificar a la protagonista, lo mismo que los zapatitos de Cenicienta.

res, pues dicen que son engañosas y cambiantes, para encontrarse luego que quizá no hubieran aprendido a verlas hasta que apareció ante ellos quien lo iluminaba todo...

Aparecen en estos cuentos las famosas «moralejas», *moralités* como las llamó Perrault. Se hará necesario advertir que esas moralejas no quieren expresar la moralidad del pequeño o gran burgués, ni son un adoctrinamiento ideológico destinado a mantener la paz y las buenas costumbres, como pudiera parecer en un primer —y posiblemente único— vistazo somero. Ya hemos visto que los métodos y reacciones de ciertos protagonistas no encajan muy bien con los Principios Establecidos por la Moral de su época, o de cualquier otra[26]. Que las moralejas de los *Cuentos* de Perrault son la esencia destilada de la «lección» que quiere expresar cada cuento salta a la vista, por lo que deberíamos interpretarlas más bien —«leerlas»— como una guía práctica, una manera de aviso o prevención ante los peligros que la vida ofrece, y una manera de eludirlos o triunfar sobre ellos. En los *Cuentos* figuran los personajes y las situaciones, los ejemplos representativos de esos peligros arquetípicos. Estas moralejas son una especie de aviso para navegantes, para que todas las edades las consideren y adquieran su sabiduría y la transmitan.

---

[26] Cabe recordar las prácticas del gato extorsionador y mafioso, o la peculiar industria de mensajería con la que Pulgarcito ganaba sus buenos dineros.

En ciertos lugares aparecen frases que reflejan ideas y costumbre que el feminismo actual consideraría totalmente inaceptables. Se ven consejos o mandamientos a las mujeres casadas y a las jóvenes por casar que les recomiendan tolerancia a los maridos, pero se añade que porque «no hay nada tan brusco ni tan extraño [en la conducta de un hombre] que la paciencia de una mujer honesta no pueda solventar», por ejemplo. Y esto puede verse, por tanto, como otro intento de perpetuación de la sociedad hetero-patriarcal y la mentalidad del macho dominante que acarrea.

Bien, consideremos de entrada la idea —tan querida a Perrault, tan constantemente vivida y luchada en las querellas— de que somos enanos subidos a hombros de gigantes, y que por lo tanto vemos más que ellos. Si esto es así, ¿no sería injusto entonces que criticásemos y condenásemos a los gigantes anteriores por no haber visto lo que nosotros sí podemos ver hoy? No se puede acusar de no ver las amapolas en el prado a quien no puede distinguir el rojo del verde; y si nosotros no padecemos ese daltonismo es sin duda por la natural y coherente evolución que hemos experimentado desde ese nivel de la consciencia. Perrault fue un decidido y entusiasta admirador de la mujer, y ahí está también su *Elogio,* porque desde su corazón «noble y sin malicia» supo entender que empezaba a llegar el tiempo de sustituir el paradigma antiguo. Un sabio ha dicho que para cambiar un paradigma —científico, social, cultural, político, religioso— lo mejor es crear otro que sea tan mucho más adecuado, que haga que el viejo se extinga sin resistencia. Y Perrault hizo todo lo que pudo para el advenimiento de una época en la que mujeres y hombres se conozcan, se respeten y se admiren hasta el punto de multiplicar las potencias femenina y masculina para crear un motor nuevo y lleno de promesas. Un nuevo paradigma humano, más equilibrado, dinámico y creador.

A la hora de comprender una magia que transformó para siempre el poder de la narración, los *Cuentos* son todo esto, y mucho más. Sólo falta leerlos situando el corazón donde lo pusiera Charles Perrault, y desde esa inocencia recuperada contemplar nuestra realidad de adultos avisados desde la otra mirada, limpia y clara, que ofrece tener ojos de niño. Y entendernos desde la perspectiva que esas miradas, la ingenua y la experta, nos conceden con su perspectiva recién creada. Quizá es que los *Cuentos* mismos son las hadas buenas y dadivosas, de los que están tan llenos, y nos conceden así el magnífico don de que de nuestros ojos broten «perlas y diamantes» además de lágrimas. Y que de nuestras bocas no broten alimañas.

O quizá es que los *Cuentos* son simplemente eso, cuentos sencillos y profundos como la mirada de los niños, envueltos en una piel de ternura como consuelo de adultos y, como dice Perrault en su *Prólogo,* como la cubierta adecuada para proteger la semilla de donde brotarán eventualmente esas «buenas inclinaciones» de las que habla. La voz de la ternura, el corazón de los cuentos. Por eso son antiguos e inmortales.

Y también —ya que el mismo Maese Charles quiso terminar su *Prólogo*[27] con el poema de la Damita— que son «las historias que se leen y se viven al calor del fuego y del cariño».

---

[27] Es natural que así sea. El madrigal de la Damita es una expresión sincera del efecto de los cuentos, del poder de su magia evocadora. Es de comprender la alegría de Perrault al recibir los versos, y la modestia con que lo expresa.

PRÓLOGO

La manera en que el público ha recibido las obras de esta colección, a medida que se les iban entregando por separado, es como una garantía de que no le disgustarán al aparecer todas juntas. Cierto es que algunas personas que pretenden parecer serias, y que tienen entendimiento bastante para ver que estos cuentos están hechos con agrado y que el tema no es por ello muy importante, los han mirado con desdén; pero hemos tenido la satisfacción de ver que las personas de buen gusto no los han juzgado así.

Se han sentido muy cómodos al observar que estas bagatelas no eran puras bagatelas, que contenían una moraleja útil, y que el relato festivo en el que fueron envueltas sólo se escogió para hacerlas entrar más agradablemente en el entendimiento, y de una manera que instruyese y deleitase a la vez. Esto debería bastarme para no temer el reproche de que me he divertido con cosas frívolas; pero como tengo que vérmelas con muchas personas que no se convencen con razones y que sólo se conmueven por la autoridad y el ejemplo de los antiguos, voy a satisfacerlas en este momento. Las fábulas[28] milesias, tan célebres entre los griegos y que hicieron las delicias de Atenas y

---

[28] Del latín *fabula,* conversación (o «hablilla» sin el sentido peyorativo; pequeña charla).

de Roma, no eran diferentes a las fábulas de esta colección. El cuento de la *Matrona de Éfeso*[29] es de la misma naturaleza que el de *Grisélida;* uno y otro son novelas, es decir, relatos de cosas que pueden haber sucedido y que no tienen nada que lesione gravemente su verosimilitud. La fábula de *Psyché*, escrita por Luciano y por Apuleyo, es una ficción pura y un cuento de viejas como el de *Piel de asno*. Así, vemos que Apuleyo hace que una anciana se lo cuente a una joven que los ladrones habían raptado, de modo igual que el de *Piel de asno* se lo cuentan todos los días a los niños sus ayas y sus abuelas. La fábula del labrador que obtuvo de Júpiter el poder de hacer a su antojo la lluvia y el buen tiempo, y que lo utilizó de tal manera que sólo recolectó paja sin grano alguno porque nunca pidió viento, ni frío, ni nieve, ni tiempo alguno semejante, que, sin embargo, son necesarios para que las plantas fructifiquen; esta fábula, digo, es del mismo género que el cuento de *Los deseos ridículos,* de no ser que uno es serio y el otro cómico; pero los dos dicen que los hombres no saben lo que les conviene, y que son más felices si los conduce la Providencia que si todo les sucediera según lo desean. Yo no creo que teniendo ante mí unos modelos tan bellos de la antigüedad más sabia y docta, tenga nadie el derecho de hacerme reproche alguno. Aseguro incluso que mis fábulas merecen más que se cuenten que la mayoría de los cuentos antiguos[30], sobre todo el de *La matrona de Éfeso* y el de *Psyché,* si se les mira desde el lado de la moraleja, que es cosa principal en toda clase de fábulas y para la cual deben haberse he-

---

[29]   Cuento de CAYO PETRONIO (siglo I d. C.).
[30]   El tiempo le ha dado la razón.

cho. Toda la moraleja que se puede sacar de *La matrona de Éfeso* es que a menudo las mujeres que parecen más virtuosas son las que menos lo son, y así, que no hay casi ninguna de ellas que verdaderamente lo sea.

Hay quien no ve que esta moraleja es muy incorrecta, y que va solamente a corromper a las mujeres mediante el mal ejemplo, a hacerles creer que faltando a su deber no hacen más que seguir el camino común. En ello no es igual la moraleja de *Grisélida,* que tiende a llevar a las mujeres a que toleren a sus maridos, y a hacerlas ver que no hay nada tan brusco ni tan extraño que la paciencia de una mujer honesta no pueda solventar. Respecto a la moraleja oculta en la fábula de *Psyché,* fábula que es en sí misma muy agradable e ingeniosa, la compararé con la que tiene *Piel de asno* cuando la conozca, porque hasta ahora no he podido adivinarla. Sé muy bien que Psyché significa alma, pero no comprendo en absoluto lo que hay que sentir con el amor que está enamorado de Psyché, es decir, del alma, y mucho menos lo que se añade: que Psyché debería ser feliz mientras no conozca a aquél por quien es amada, que es el amor, sino que sería muy desdichada desde el momento que llegase a conocerlo. Para mí es un enigma impenetrable. Todo lo que podemos decir es que estas fábulas, al igual que de la mayoría de las que nos quedan de los antiguos, sólo se hicieron para agradar sin considerar las buenas costumbres, que descuidaban mucho. No es lo mismo con los cuentos que nuestros antepasados inventaron para sus hijos. No los contaron con la elegancia y el encanto con los que griegos y romanos adornaron sus fábulas, sino que siempre tuvieron gran cuidado de que sus cuentos contuviesen una moraleja laudable e instructiva. En ellos, por todas partes se recompensa la virtud, y en todas partes se castiga la malicia. Todos ellos llevan a ver el provecho que existe en ser honesto, paciente, sensato, laborioso y obediente, y el perjuicio que les alcanza a aquellos que no lo son. Algunas veces son de hadas que otorgan a una joven que les haya respondido con cortesía el don de que a cada palabra que diga, le salga de la boca un diamante o una perla; y a otra joven que les haya respondido con crueldad, el de que a cada palabra le salga de la boca una rana o un sapo. Otras veces son de niños que, por haber obedecido a su padre o a su madre, se convierten en grandes señores; o de otros que, habiendo sido depravados y desobedientes, cayeron en espantosas desgracias. Por triviales y extrañas que sean todas estas fábulas en sus aventuras, es seguro que estimulan en los niños el deseo de asemejarse a aquellos a los que ven convertirse en héroes, y al mismo tiempo el temor de las desgracias en las que los malvados han caído por su crueldad. ¿No es loable que, cuando los niños no son aún capaces de paladear las verdades duras y carentes de toda concesión, sus padres y sus madres se los hagan amar, y si se puede decir así, se los hagan tragar envolviéndolos en relatos amenos y proporcionados a la debilidad de sus años? Es de no creer la avidez con que estas almas inocentes, en las que nada ha corrompido aún la rectitud natural, reciben estas enseñanzas ocultas: se los ve sumidos en la tristeza y el desánimo mientras el héroe o la heroína del cuento son desgraciados, y chillar de alegría cuando les llega el momento de su felicidad; lo mismo que después de haber padecido con angustia la prosperidad del malvado o de la cruel, están encantados de verlos castigados al fin como se merecen. Esto son semillas que se arrojan y que no producen al principio más que emociones de alegría y de tristeza, pero de las que no hace falta mucho para que broten buenas inclinaciones.

Hubiera podido hacer mis *Cuentos* más placenteros mezclando en ellos ciertas cosas un poco licenciosas con que se tiene la costumbre de animarlos, pero el deseo de complacer no me ha tentado nunca lo bastante como para violar la ley que me he impuesto de no escribir nada que pudiera ofender el pudor o la decencia. He aquí un madrigal que una joven damita de mucho ingenio ha compuesto sobre este asunto, y que ella misma ha escrito al pie del cuento de *Piel de asno* que le envié.

El cuento de Piel de asno se cuenta aquí
con tanta ingenuidad,
que con él no menos me divertí
que cuando, junto al fuego, mi aya o mi amor
ponían al hacerlo mi alma en ardor.
De la sátira los rasgos a veces se ven,
pero sin hiel ni maldad,
placen igual a los que escuchan y a los que leen.
Lo que me place más de su sencilla dulzura
es que brota la risa y divierte,
sin que madre, esposo o cura
nada tengan que decir de este.

CHARLES PERRAULT.

LA BELLA DURMIENTE DEL BOSQUE

En tiempos lejanos había un rey y una reina, cuya tristeza porque no tenían hijos era tan grande que no se podía calcular. Fueron a beber de todas las aguas del mundo; hicieron votos; emprendieron peregrinaciones, pero no lograron ver sus deseos realizados, hasta que, por último, la reina quedó encinta y dio a luz una hija. No hay medio de describir la esplendidez del bautizo, y fueron madrinas de la princesita todas las hadas que pudieron hallar en el país. Siete acudieron con el propósito de que cada una de ellas le concediera un don, como era costumbre entre las hadas en aquel entonces, y de esta manera tuvo la princesa todas las perfecciones imaginables.

Después de la ceremonia del bautismo, todos fueron a palacio, en donde se había preparado un gran festín para las hadas. Delante de cada una se puso un magnífico cubierto en un estuche de oro macizo, en el que había una cuchara, un tenedor y un cuchillo de oro fino guarnecido de diamantes y rubíes.

En el momento de sentarse a la mesa, vieron entrar un hada vieja a la que no habían invitado, debido a que durante más de cincuenta años no había salido de su torre y se la creía muerta, o hechizada.

Mandó el rey que le pusieran cubierto, pero no hubo medio de poder darle un estuche de oro macizo como a las otras, porque sólo habían ordenado construir siete para las siete hadas. Creyó la vieja que la despreciaban y gruñó entre dientes algunas amenazas. Una de las hadas jóvenes, que estaba a su lado, la oyó y, como temía que concediese algún don dañino a la princesita, en cuanto se levantaron de la mesa fue a esconderse detrás de un tapiz para hablar ella la última y poder reparar hasta donde le fuera posible el daño que hiciera la vieja.

Comenzaron las hadas a conceder sus dones a la recién nacida. La más joven dijo que sería la mujer más hermosa del mundo; la siguiente añadió que sería buena como un ángel; gracias al don de la tercera, la princesita debía mostrar una gracia admirable en todo lo que hiciera; bailar bien, según el don de la cuarta; cantar como un ruiseñor, según el de la quinta, y tocar con extrema perfección todos los instrumentos, según el de la sexta. Le llegó la vez al hada vieja, que dijo, mientras le temblaba la cabeza más por el despecho que por la vejez, que la princesita se heriría la mano con un huso y moriría de la herida.

Este terrible don estremeció a todos y no hubo quien no llorase. Entonces salió de detrás del tapiz la joven hada y pronunció en voz alta estas palabras:

—Tranquilizaos, rey y reina; vuestra hija no morirá de la herida. Verdad es que no tengo bastante poder para deshacer del todo lo que ha hecho mi compañera. La princesa se herirá la mano con un huso, pero, en vez de morir, sólo caerá en un sueño tan profundo que durará

cien años, al cabo de los cuales vendrá a despertarla el hijo de un rey.

Deseoso el monarca de evitar la desgracia anunciada por la vieja, mandó publicar acto seguido un edicto en el que se prohibía hilar con huso, así como guardar huso alguno en las casas, bajo pena capital.

Transcurrieron quince o dieciséis años, y cierto día el rey y la reina fueron a una de sus posesiones de recreo. Sucedió que la joven princesa correteaba por el castillo, subiendo de cuarto en cuarto hasta lo alto de una torre, y se encontró en un pequeño desván donde había una vieja que estaba ocupada en hilar su rueca, pues no había oído hablar de la prohibición del rey de hilar con huso.

—¿Qué hacéis, buena mujer? —le preguntó la princesa.

—Estoy hilando, hermosa niña —le contestó la vieja, que no conocía a aquella que le preguntaba.

—¡Qué curioso es lo que estáis haciendo! —exclamó la princesa—; ¿cómo manejáis esto? Dádmelo, que quiero ver si sé hacer lo que vos.

Como era muy vivaracha, algo aturdida y, además, el decreto de las hadas así lo ordenaba, en cuanto hubo tomado el huso se hirió con él la mano y cayó sin sentido.

Muy espantada, la vieja comenzó a dar voces pidiendo socorro. De todas partes acudieron, rociaron con agua la cara de la princesa, le desabrocharon el vestido, le dieron golpecitos en las manos, le frotaron las sienes con agua de la reina de Hungría, pero nada conseguía hacerla volver en sí.

Entonces, el rey, que al ruido había subido al desván, recordó la predicción de las hadas, y reflexionando que lo sucedido era inevitable puesto que aquellas lo habían dicho, dispuso que llevaran a la princesa a un hermoso cuarto del palacio y la pusieran en una cama con adornos de oro y plata. Tan hermosa estaba, que cualquiera al verla hubiera creído estar viendo un ángel, pues su desmayo no la había hecho perder el vivo color de su rostro. Tenía las mejillas sonrosadas y sus labios parecían de coral. Sólo tenía los ojos cerrados, pero se la oía respirar dulcemente, lo que demostraba que no estaba muerta.

Mandó el rey que la dejasen dormir tranquila hasta que llegara la hora de su despertar. Cuando le ocurrió el accidente a la princesa, el hada buena que le había salvado la vida, pero condenada a dormir cien años, estaba en el reino de Pamplinga[31], que distaba de allí doce mil leguas; pero bastó un momento para que de él tuviese la noticia por un diminuto enano que calzaba botas, con las cuales a cada paso recorría siete leguas. El hada se puso inmediatamente en marcha y al cabo de una hora la vieron llegar en un carro de fuego tirado por dragones. Fue el rey a darle la mano para que bajara del carro, y el hada aprobó cuanto se había hecho; y como era muy previsora, le dijo que cuando la princesa despertara se encontraría muy apurada si se hallaba sola en el viejo castillo. He aquí lo que hizo:

Excepción hecha del rey y la reina, tocó con su varilla a todos los que se encontraban en el castillo, ayas, damas de honor, camareras, gentilhombres, oficiales, mayordo-

---

[31]   *Reino de Mataquin* en el original de Perrault.

mos, cocineros, marmitones, recaderos, guardias, suizos, pajes y lacayos; también tocó a los palafreneros y a los caballos que había en las cuadras; a los enormes mastines del corral y a la diminuta Tití[32], perrita de la princesa que estaba cerca de ella sobre la cama. Cuando a todos hubo tocado, todos se durmieron para no despertar hasta que despertara su dueña, con lo cual estarían dispuestos a servirle cuando necesitase de sus servicios. También se durmieron los asadores que estaban en la lumbre, llenos de perdices y de faisanes, e igualmente quedó dormido el fuego. Todo esto se hizo en un momento, pues las hadas necesitan poco tiempo para hacer las cosas.

Entonces el rey y la reina, después de haber besado a su hija sin que despertara, salieron del castillo y mandaron publicar un edicto prohibiendo que persona alguna, fuese cual fuere su condición, se acercara al edificio. No era necesaria la prohibición, pues en quince minutos brotaron y crecieron en cantidad extraordinaria árboles grandes junto a pequeños rosales silvestres y espinosos, entrelazados de tal manera que ningún hombre ni animal hubiera podido pasar a través de ellos. Sólo se veía lo alto de las torres del castillo, y aun así era necesario mirarlo de muy lejos. Nadie dudó de que el hada había utilizado todo su poder para que la princesa, mientras durmiera, no tuviese nada que temer de los curiosos.

Pasados los cien años, el hijo del monarca que reinaba entonces —y añadamos que la dinastía no era la de la princesa dormida[33]— fue a cazar a aquel lado del bosque

---

[32]   *Pouffe* (Risitas) en el original.
[33]   Llamativa anotación de Perrault para aliviar toda sospecha de consanguinidad.

y preguntó qué eran las torres que veía en medio del espeso ramaje. Cada cual contestó según lo que había oído; unos le dijeron que aquello era un viejo castillo poblado de almas en pena, y otros que todas las brujas de la comarca se reunían en él los sábados. Según la opinión más generalizada, moraba en él un ogro que se llevaba al castillo a todos los niños de que podía apoderarse para comerlos a su gusto y sin que fuera posible seguirle, puesto que sólo a él estaba reservado el privilegio de paso por entre la maleza.

No sabía a quién dar crédito el príncipe, cuando un viejo campesino habló y le dijo:

—Príncipe mío: hace más de cincuenta años oí contar a mi padre que en aquel castillo se encontraba la más bella princesa del mundo, que debía dormir cien años y que solamente al hijo de un rey le estaba reservado despertarla, y de él debía ser esposa.

Ante estas palabras sintió el joven príncipe que la llama del amor brotaba en su corazón, y al instante creyó sin duda que daría fin a una aventura tan llena de encantos. Impulsado por el amor y el deseo de gloria, decidió saber en el acto si era cierto lo que el campesino le había dicho. Apenas llegó al bosque cuando todos los añosos árboles, los rosales silvestres y los espinos se separaron para abrirle paso. Caminó hacia el castillo, que veía al extremo de una larga alameda en la que penetró, y quedó muy sorprendido al observar que los de su comitiva no habían podido seguirlo porque los árboles volvieron a recobrar su posición natural y a cerrar el paso en cuanto él hubo pasado. No por eso dejó de

continuar su camino, porque un príncipe joven y enamorado siempre es valiente. Entró en un extremo del patio, y el espectáculo que se presentó a su vista era capaz de helar la sangre de miedo. El silencio era espantoso; se veía por todas partes la imagen de la muerte, y la mirada tropezaba en cuerpos de hombres y animales que parecían privados de vida; pero le bastó con fijarse en la nariz de berenjena y en los encendidos carrillos de los suizos para comprender que sólo estaban dormidos; además, los vasos, en los que ya sólo se veían restos secos de vino, decían que se habían dormido bebiendo.

Atravesó otro gran patio con pavimento de mármol; subió la escalera y entró en la sala de los guardias, que formaban hileras con el arcabuz al hombro y roncaban ruidosamente. Cruzó varios aposentos llenos de gentilhombres y de damas, de pie los unos, sentados los otros, pero todos durmiendo. Penetró en una cámara completamente dorada y vio sobre una cama, cuyos cortinajes estaban abiertos, el más hermoso espectáculo que a su mirada se había presentado jamás: una princesa, que parecía tener quince o dieciséis años, cuya deslumbradora belleza tenía algo de luminoso y divino. Se acercó a ella temblando y, admirándola, se arrodilló al pie de la cama.

Como había llegado la hora en que debía tener fin el hechizo, la princesa despertó; y mirándole con tiernos ojos, le dijo:

—¿Sois vos, príncipe mío? ¡Cuánto os habéis hecho esperar!

Llenaron de contento al príncipe tales palabras, y más aún la manera como las pronunció la princesa. No sabía cómo expresar su alegría y su agradecimiento y le aseguró que la amaba más que a sí mismo. Mal hilvanadas salieron las palabras de los labios de ambos, pero eso mismo hizo que fueran más atractivas, pues poca elocuencia es señal de mucho amor. La confusión del hijo del rey era mayor que la de la princesa, cosa que no ha de sorprender, pues ella había tenido tiempo de pensar en lo que le diría. Es de suponer, aunque nada de ello indique la historia, que el hada buena había procurado que la princesa tuviera el placer de agradables sueños durante los cien años que estuvo dormida. Cuatro horas hablaron y no se dijeron ni la mitad de las cosas que querían decirse.

El hechizo del palacio cesó al mismo tiempo que el de la princesa, y cada cual pensó en cumplir con sus deberes; pero, como no todos estaban enamorados, su primera sensación fue de hambre, que mucho les aguijoneaba. La dama de honor, hambrienta como las demás, se impacientó y dijo a la princesa que la comida estaba servida. El príncipe la ayudó a levantarse. Estaba vestida con mucha magnificencia, pero el príncipe no le dijo que sus vestidos y su tocado se parecían a los de su abuela y que la moda del cuello que llevaba había pasado hacía mucho tiempo. Mas su vestido y sus adornos antiguos no disminuían en nada su belleza.

Pasaron a un salón con espejos y en él cenaron, servidos por los gentilhombres de la princesa. Los músicos tocaron con violines y oboes músicas antiguas, pero muy bonitas, por más que hiciera cien años que nadie las tocaba. Después de haber cenado, les casó sin pérdida

de tiempo el gran prelado limosnero en la capilla del castillo[34].

Al día siguiente el príncipe volvió a la ciudad, donde su padre debía estar preocupado por su ausencia. Le dijo que se había perdido cazando en el bosque y había pasado la noche en la choza de un carbonero que le había dado pan negro y queso para cenar. El rey su padre, que era muy bonachón, le creyó; pero no del todo su madre, al ver que casi todos los días iba a cazar y que siempre tenía una excusa a mano cuando pasaba fuera dos o tres noches, por lo que supuso que se trataba de amores. El príncipe vivió con la princesa más de dos años y tuvo de ella dos hijos: una niña llamada Aurora y un niño, al que pusieron por nombre Día, pues parecía aún más hermoso que su hermana.

La reina hizo varios intentos para que su hijo le revelara su secreto, pero el príncipe no se atrevió a confiárselo pues, aunque la amaba, la temía porque era de raza de ogros, a pesar de lo cual el rey se había casado con ella porque su fortuna era grande[35]. Además, se murmuraba en la corte, pero en voz muy baja, que la reina tenía las inclinaciones de los ogros y que al ver pasar niños apenas lograba contener el deseo de devorarlos. A esto se debió que el príncipe nada le dijera.

Pero al cabo de dos años murió el rey, y su hijo, al subir al trono, declaró públicamente su matrimonio y fue

---

[34] *Y la dama de honor les echó el visillo; durmieron poco, la princesa no lo necesitaba mucho, y el príncipe la dejó desde el amanecer para regresar a la ciudad, donde su padre debía estar preocupado...* No aparece en la traducción de Baró.

[35] Interesante incursión en el matrimonio mixto de rey y ogresa, sobre todo por el motivo expresado.

con gran ceremonia a buscar a la princesa su esposa a su castillo. La recepción que le hicieron en la ciudad, que era la capital, cuando se presentó junto a sus dos hijos, fue magnífica.

Algún tiempo después, el príncipe fue a guerrear contra su vecino, el emperador Cantagallos[36]. Confió la regencia a la reina madre y le encomendó que cuidara mucho a su mujer y a sus hijos. Debía guerrear todo el verano. En cuanto estuvo fuera, la reina madre envió a su nuera y a sus nietos a una casa de campo que había en el bosque, para poder satisfacer con mayor libertad sus horribles apetitos. Algunos días después fue a la casa de campo, y por la noche le dijo a su mayordomo:

—Mañana quiero comerme a Aurora.

—¡Ah, señora...! —exclamó el mayordomo.

—Lo quiero —contestó la reina con tono de ogra que desea devorar carne fresca—, y quiero comerla en salsa picante.

El pobre hombre comprendió que no había que andarse con bromas con la ogra. Tomó un enorme cuchillo y subió al cuarto de la pequeña Aurora. Tenía ella entonces cuatro años, y al verle corrió hacia él saltando y riendo, le abrazó y le pidió un caramelo. El mayordomo se puso a llorar, se le escapó el cuchillo y bajó al corral, degolló un cordero y lo aderezó con una salsa tan rica que la reina le dijo que nunca había comido cosa mejor. Al mismo tiempo, el mayordomo llevó a la pequeña

---

[36] *Cantalabutte* en el original de Perrault.

Aurora a su mujer para ocultarla en su casa, que estaba situada en un extremo del corral.

Ocho días después, aquella mala reina dijo a su mayordomo:

—Para cenar, quiero comerme a mi nieto Día.

El mayordomo no replicó porque ya tenía formado el propósito de engañarla como la otra vez. Fue en busca del niño y lo encontró con un diminuto florete en la mano, practicando esgrima con un mono a pesar de que sólo tenía tres años. Lo llevó a su mujer, que le ocultó junto a Aurora, y el mayordomo sirvió a la reina madre un cabritillo muy tierno, que ella halló sabrosísimo.

Hasta entonces todo había marchado perfectamente, pero una tarde, aquella perversa ogra dijo al mayordomo:

—Quiero comerme a la joven reina aderezada en salsa picante, lo mismo que sus hijos.

El buen hombre quedó apabullado, no sabía cómo engañarla. La joven reina tenía veinte años, sin contar los cien que había pasado durmiendo. El pobre mayordomo creía que no encontraría en el corral una res cuyas carnes fueran semejantes a las de una princesa de una edad tan extraña. El siervo, para salvar su vida, tomó la resolución de degollar a la reina joven y subió a su cuarto con la intención de realizar su propósito. Mientras subía, le iba creciendo la ira y entró en el cuarto puñal en mano. No quiso tomarla por sorpresa, y con mucho respeto le dijo cuál era la orden que le había dado la reina madre.

—Cumple tu deber —contestó ella presentándole el cuello—; ejecuta la orden que te han dado y volveré a ver mis hijos, a mis pobres hijos, a quienes amaba tanto.

Desde que se los habían quitado sin decirle nada, la reina los creía muertos.

—¡No, no, señora! —exclamó el pobre mayordomo muy conmovido—, no moriréis, pero no por eso dejaréis de ver a vuestros hijos, pues los veréis en mi casa, donde les he ocultado. Engañaré de nuevo a la reina y le serviré una corza en vuestro lugar.

La llevó en el acto a su casa y dejó que abrazara a sus hijos y mezclase sus lágrimas con las suyas. Mientras tanto, él se fue a guisar la corza, que la ogra se comió en la cena con el mismo apetito que si hubiese sido la reina. Estaba muy satisfecha de su crueldad y se disponía a decir al rey, cuando regresara, que los lobos hambrientos se habían comido a su mujer y sus hijos.

Cierta noche que, según costumbre, rondaba por los patios y corrales del castillo por si olfateaba carne fresca, oyó que su nieto lloraba porque su madre quería castigarlo por haber hecho algo malo, y también oyó la vocecita de Aurora, que pedía perdón para su hermanito. La ogra reconoció la voz de la reina y de sus dos hijos y, llena de ira por haber sido engañada, al amanecer del día siguiente ordenó, con voz tan espantosa que todo el mundo temblaba, que pusieran en medio del patio un gran tonel que hizo que llenasen de sapos, víboras y culebras para arrojar en él a la reina y a sus hijos; al mayordomo, a su mujer y su criada. Mandó que los trajeran con las manos atadas a la espalda.

En el patio estaban los infelices y los verdugos se disponían a echarlos en el tonel, cuando el rey, a quien no se esperaba tan pronto, entró de repente a caballo. Había corrido mucho y preguntó muy admirado qué significaba aquel horrible espectáculo. Nadie se atrevía a contestarle, cuando la ogra, furiosa al ver lo que pasaba, se arrojó la primera de cabeza al tonel y en un instante fue devorada por los asquerosos reptiles que había mandado echar dentro. El rey no dejó de sentir disgusto, pues era su madre, pero pronto se consoló con su hermosa mujer y sus hijos.

Moraleja

*Cosa por demás sabida
es que el esperar no agrada,
pero el que más se apresura
no es el que más trecho avanza,
que para hacer ciertas cosas
se requiere tiempo y calma.
Cierto es que esperar un novio
cien años, es espera magna;
pero la historia, amiguitos,
es historia ya pasada.
Como el casarse es asunto
de muchísima importancia,
pues sólo la muerte rompe
los lazos que entonces se atan,
más vale esperar un año
y traer la dicha a casa,
que anticiparse un día
y traerse la desgracia.*

CAPERUCITA ROJA

En tiempo del rey que rabió, vivía en una aldea una niña, la más linda de las aldeanas, tanto que loca de gozo estaba su madre y más aún su abuela, que le había hecho una caperuza roja; y tan bien le estaba que por Caperucita Roja todos la conocían. Un día su madre hizo tortas y le dijo:

—Irás a casa de la abuela a informarte de su salud, pues me han dicho que está enferma. Llévale una torta y este tarrito lleno de manteca.

Caperucita Roja salió enseguida en dirección a la casa de su abuela, que vivía en otra aldea. Al pasar por un bosque encontró al compadre lobo, que tuvo ganas de comérsela, pero a ello no se atrevió porque había algunos leñadores. Le preguntó que a dónde iba, y la pobre niña, que no sabía que era peligroso detenerse para escuchar al lobo, le dijo:

—Voy a ver a mi abuela y a llevarle esta torta, con un tarrito de manteca que le envía mi madre.

—¿Vive muy lejos? —le preguntó el lobo.

—Sí —le contestó Caperucita Roja—, más allá del molino que veis ahí, en la primera casa de la aldea.

—Pues entonces —añadió el lobo— yo también quiero visitarla. Iré a su casa por este camino y tú por aquel, a ver cuál de los dos llega antes.

El lobo tomó el camino más corto y echó a correr tanto como pudo, y la niña se fue por el más largo y se entretuvo en coger avellanas, en correr detrás de las mariposas y en hacer ramilletes con las florecillas que se iba encontrando.

Poco tardó el lobo en llegar a la casa de la abuela. Llamó: ¡pam!, ¡pam!

—¿Quién va?

—Soy vuestra nieta, Caperucita Roja —dijo el lobo imitando la voz de la niña—. Os traigo una torta y un tarrito de manteca que mi madre os envía.

La buena de la abuela, que estaba en cama porque se sentía indispuesta, contestó en voz alta:

—Tira del cordel y se abrirá el cancel.

Así lo hizo el lobo y la puerta se abrió. Se arrojó encima de la vieja y la devoró en un abrir y cerrar de ojos, pues hacía más de tres días que no había comido.

Luego cerró la puerta y fue a acostarse en la cama de la abuela, mientras esperaba a Caperucita Roja, que algún tiempo después llamó a la puerta: ¡pam!, ¡pam!

—¿Quién va?

Caperucita Roja, que oyó la ronca voz del lobo, tuvo miedo al principio, pero creyó que su abuela estaba resfriada y contestó:

—Soy yo, vuestra nieta, Caperucita Roja, que os trae una torta y un tarrito de manteca que os envía mi madre.

El lobo dijo en voz alta, procurando endulzar la voz:

—Tira del cordel y se abrirá el cancel.

Caperucita Roja tiró del cordel y la puerta se abrió. Al verla entrar, el lobo le dijo, oculto bajo la manta:

—Deja la torta y el tarrito de manteca encima de la artesa y ven a acostarte a mi lado.

Caperucita Roja lo hizo, y se metió en la cama. Se sorprendió mucho por al aspecto que tenía su abuela sin vestidos, y le dijo:

—Abuelita, tenéis los brazos muy largos.

—Así te abrazaré mejor...

—Abuelita, tenéis las piernas muy largas.

—Así correré más...

—Abuelita, tenéis las orejas muy grandes.

—Así te oiré mejor...

—Abuelita, tenéis los ojos muy grandes.

—Así te veré mejor...

—Abuelita, tenéis los dientes muy grandes.

—¡Así te comeré mejor!

Y al decir estas palabras, el malvado lobo se arrojó sobre Caperucita Roja y se la comió.

Moraleja

A la niña bonita
y a la que no lo sea,
que a todas alcanza
esta moraleja:
mucho miedo, mucho,
al lobo le tenga,
que a veces es joven
de buena presencia,
de palabras dulces,
de grandes promesas,
tan pronto olvidadas
como fueron hechas.[37]

---

[37] Mensaje para las niñas y las jóvenes de la época. Se representa al lobo como símbolo del depredador sexual, embaucador de mentiras dulces que sólo busca saciar su hambre y luego olvida.

BARBA AZUL

En otro tiempo vivía un hombre que tenía hermosas casas en la ciudad y en el campo; vajilla de oro y plata; muebles muy adornados y carrozas doradas; pero, por desgracia, su barba era azul, color que le daba un aspecto tan feo y terrible que todas las mujeres y las jóvenes huían a su vista.

Una de sus vecinas, señora de alto rango, tenía dos hijas muy hermosas. El hombre le pidió una en matrimonio, dejando a la madre la elección de la que había de ser su esposa. Ninguna de las jóvenes quería casarse con él y cada una se lo endosaba a la otra, sin que la otra ni la una se decidieran a ser la mujer de un hombre que tenía la barba azul. Además, su disgusto aumentaba por el hecho de que él se había casado con varias mujeres y nadie sabía lo que había sido de ellas.

Barba Azul, para crear relaciones con ellas, las llevó con su madre, tres o cuatro amigos íntimos y algunas jóvenes de la vecindad a una de sus casas de campo. Allí permanecieron ocho días completos, que emplearon en paseos, partidas de caza y pesca, bailes y tertulias, sin dormir apenas y pasando las noches en contar chistes. Tan agradablemente se deslizó el tiempo, que a la menor le pareció que el dueño de la casa no tenía la barba azul y que era un hombre muy bueno. Al regresar a la ciudad celebraron la boda.

Al cabo de un mes, Barba Azul le dijo a su esposa que se veía obligado a hacer un viaje a provincias, que a lo menos duraría seis semanas y que era muy importante el asunto que lo obligaba a viajar. Le rogó que durante su ausencia se divirtiese cuanto pudiera, que invitara a sus amigas a acompañarla, que fuera con ellas al campo si le apetecía, y que procurase no estar triste.

—Aquí tienes —añadió— las llaves de los dos grandes guardamuebles. Estas son las de la vajilla de oro y plata que no se usa diariamente; las que te entrego pertenecen a las cajas donde guardo los metales preciosos. Estas son las de los cofres en los que están mis piedras y joyas, y aquí te doy el llavín que abre las puertas de todos los cuartos. Esta llavecita es la del gabinete que hay al extremo de la gran galería de abajo. Ábrelo todo, entra en todas partes, pero te prohíbo penetrar en el gabinete; y de tal manera te lo prohíbo, que si lo abres puedes esperarlo todo de mi cólera[38].

Ella le prometió hacer caso exactamente de lo que acababa de ordenarle; y él, después de haberla abrazado, se metió en el carruaje y emprendió su viaje.

Las vecinas y los amigos no esperaron a que los llamasen para ir a casa de la recién casada, pues grandes eran sus deseos de verlo todo, cosa que no se atrevieron a realizar estando el marido porque su barba azul les espantaba. Enseguida se pusieron a recorrer los

---

[38] Esta misma prohibición de abrir puertas secretas de las que se tiene llave, como incitando la tentación, aparece también en otros cuentos.

cuartos, los gabinetes, los guardarropas, y les sorprendía la riqueza de cada habitación. Subieron después a los guardamuebles, donde no se cansaron de admirar el número y belleza de los tapices, camas, sofás, papeleras, veladores y mesas; de los espejos que reproducían las imágenes de cuerpo entero y cuyos adornos, los unos de cristal, de plata dorada los otros, eran tan bellos y magníficos que no se había visto nada igual. No dejaban de alabar y envidiar la dicha de su amiga, que no se divertía viendo tales riquezas, pues la dominaba la impaciencia por ir a abrir el gabinete de abajo.

La empujó la curiosidad y no se fijó en la falta de educación que era abandonar a sus amigas. Bajó por una escalerilla reservada con tanta precipitación, que dos o tres veces corrió peligro de desnucarse. Al llegar a la puerta del gabinete, se detuvo un momento pensando en la prohibición de su marido y reflexionando que la desobediencia podía atraerle alguna desgracia; pero la tentación era tan fuerte que no pudo vencerla, y tomando la llavecita abrió temblando la puerta del gabinete.

Al principio no vio nada, debido a que las ventanas estaban cerradas. Al cabo de algunos instantes comenzaron a destacarse los objetos y notó que el suelo estaba completamente cubierto de sangre cuajada y que en ella se reflejaban los cuerpos de varias mujeres muertas y sujetas a las paredes. Estas mujeres eran todas aquellas con quienes Barba Azul se había casado, y a las que había degollado una tras otra[39]. Creyó morir de miedo ante

---

[39] Hay quien sugiere que el personaje de Barba Azul se basa en el famoso noble y legendariamente sanguinario asesino francés Guilles de Rais, compañero de batallas de Juana de Arco.

tal espectáculo y se le cayó la llave del gabinete que acababa de sacar de la cerradura.

Después de haberse repuesto algo, asió la llave, cerró la puerta y subió a su cuarto para dominar su agitación; pero no lo consiguió, pues su emoción era extraordinaria.

Había notado que la llave del gabinete estaba manchada de sangre; la enjuagó dos o tres veces, pero la sangre no desaparecía. En vano la lavó y hasta la frotó con arenilla y asperón, pues continuaron las manchas sin que hubiera medio de hacerlas desaparecer, porque cuando lograba quitarlas de un lado, aparecían en el otro.

Barba Azul regresó de su viaje la noche de aquel mismo día y dijo que en el camino había recibido cartas noticiándole que había terminado favorablemente para él el asunto que le había obligado a ausentarse. La esposa hizo cuanto pudo para que creyese que su inesperada vuelta le había llenado de alegría.

Al día siguiente le dio las llaves, pero se las entregó tan temblorosa, que él adivinó inmediatamente todo lo ocurrido.

—¿Por qué no está con las otras la llavecita del gabinete? —le preguntó.

—Probablemente la habré dejado sobre mi mesa —contestó.

—Dámela enseguida —añadió Barba Azul.

Después de varios retrasos, era forzoso que le entregase la llave. Barba Azul la miró y le dijo a su mujer:

—¿A qué se debe que haya sangre en esta llave?

—Lo ignoro —contestó ella, más pálida que la muerte.

—¿No lo sabes? —replicó Barba Azul—; yo lo sé. Has querido penetrar en el gabinete. Pues bien, entrarás en él e irás a ocupar tu puesto entre las mujeres que allí has visto.

Al oír estas palabras se arrojó llorando a los pies de su esposo y le pidió perdón con todas las demostraciones de verdadero arrepentimiento por haberlo desobedecido. Habría conmovido a una roca, tanta era su aflicción y belleza, pero Barba Azul tenía el corazón más duro que el granito.

—Es preciso que mueras —le dijo—, y morirás en el acto.

—Puesto que es necesario —murmuró, mirándole con los ojos llenos de lágrimas—, concédeme algún tiempo para rezar.

—Te concedo diez minutos, pero ni un segundo más —replicó Barba Azul.

En cuanto estuvo sola, llamó a su hermana y le dijo:

—Anita de mi corazón; sube a lo alto de la torre y mira si vienen mis hermanos. Me han prometido que hoy vendrían a verme, y si les ves hazles seña de que apresuren el paso.

Subió Anita a lo alto de la torre y la mísera le preguntaba a cada instante.

—Anita, hermana mía, ¿ves algo?

Y Anita contestaba:

—Sólo veo el sol que centellea y la hierba que verdea[40].

Barba Azul tenía un enorme cuchillo en la mano y gritaba a su mujer con toda la fuerza de sus pulmones:

—¡Baja enseguida, o subo yo!

—¡Un instante, por piedad! —le contestaba su esposa; y luego decía en voz baja—: Anita, hermana mía, ¿ves algo?

Su hermana respondía:

—Sólo veo el sol que centellea y la hierba que verdea.

—¡Baja pronto, o subo yo! —bramaba Barba Azul.

—Bajo —contestó la infeliz; y luego preguntó—, Anita, hermana mía, ¿viene alguien?

—Sí, veo una gran polvareda que hacia aquí avanza...

—¿Son mis hermanos?

—¡Ay!, no, hermana mía, es un rebaño de carneros.

—¿Bajas, o no bajas? —vociferaba Barba Azul.

—¡Un momento, otro instante no más! —exclamó su mujer; y luego añadió—: Anita, hermana mía, ¿viene alguien?

—Veo —contestó—, dos caballeros que vienen hacia aquí, pero aún están muy lejos. ¡Alabado sea Dios!

---

[40] Podemos encontrar un reflejo de este diálogo en *Asterix en la India*, páginas 23, 25 y 27.

—exclamó poco después—, ¡son mis hermanos! Les hago señas para que apresuren el paso.

Barba Azul se puso a gritar con tanta fuerza que se estremeció la casa entera. Bajó la infeliz mujer y fue a arrojarse a sus pies, llorosa y desgreñada.

—De nada han de servirte las lágrimas, has de morir —le dijo.

Luego la agarró por los cabellos con una mano y levantó con la otra el cuchillo para cortarle la cabeza. La infeliz volvió hacia él la moribunda mirada y le rogó que le concediese unos segundos.

—¡No, no! —rugió aquel hombre—, encomiéndate a Dios.

Y al mismo tiempo levantó el armado brazo...

En aquel momento llamaron a la puerta con tanta fuerza, que Barba Azul se detuvo. Abrieron, y entraron dos caballeros, que desnudaron sus espadas y corrieron hacia donde estaba aquel hombre, que reconoció a los dos hermanos de su mujer. El uno pertenecía a un regimiento de dragones y el otro era mosquetero, y al verles, escapó. Los dos hermanos lo persiguieron tan de cerca, que lo alcanzaron antes que hubiese podido llegar a la plataforma, le atravesaron el cuerpo con sus espadas y lo dejaron muerto. La pobre mujer estaba casi tan falta de vida como su marido, y ni fuerzas tuvo para levantarse y abrazar a sus hermanos.

Resultó que Barba Azul no tenía herederos, con lo cual todos sus bienes pasaron a su esposa. Ella empleó una parte en casar a su hermanita con un joven gentilhombre que hacía tiempo la amaba; otra parte en comprar los grados de capitán para sus hermanos; y el resto se lo reservó. Se casó con un hombre muy digno y honrado que le hizo olvidar los tristes instantes que había pasado junto a Barba Azul.

Moraleja

De lo dicho se deduce,
si el cuento sabes leer,
que al curioso los disgustos
suelen venirle a granel.
La curiosidad empieza,
nos domina, y una vez
satisfecha, ya no queda
de ella siquiera el placer,
pero quedan sus peligros
que has de evitar por tu bien.

Otra moraleja

A tiempos ya muy lejanos
se refiere este cuento.
Mas ahora, aunque el marido
devorado esté por celos
y tenga la barba azul,
o negro tenga el pelo,
le domina la mujer
con la dulzura y el talento.
Para que haya paz en casa,
ya sabéis cuál es el medio.

MAESE GATO
O
EL GATO CON BOTAS

Un molinero dejó su molino, su asno y su gato por todo patrimonio a sus tres hijos. El reparto fue cosa breve, sin necesidad de la intervención del notario ni del procurador, que se habrían comido muy pronto la pobre herencia. Al hijo mayor le correspondió el molino, al segundo el asno, y al menor el gato.

Este no podía consolarse de que le hubiera tocado tan pobre lote y se decía:

—Mis hermanos podrán ganarse la vida honradamente formando sociedad; pero a mí, cuando me haya comido el gato y me haya hecho un manguito con su piel, no me quedará otro recurso que morirme de hambre.

Maese Zapirón[41], el gato, que oía estas palabras, pero sin que al parecer fijara en ellas la atención, le dijo:

—No os pongáis triste, señor amo. Dadme un saco y un par de botas para penetrar en la maleza y os convenceréis de que el lote que os ha correspondido no es tan malo como creéis.

El dueño no hizo gran caso de lo que el gato le dijo, pero como le había visto hacer tantas travesuras para

---

[41]   El gato carece de nombre en el original de Perrault.

cazar ratas y ratones, sobre todo cuando se colgaba de las patas o se metía en la harina haciéndose el muerto, tuvo alguna esperanza de salir de su miseria.

Cuando el gato tuvo lo que había pedido, se calzó resueltamente las botas y se puso el saco a la espalda; agarró los cordones con sus dos patas y se fue a un conejar donde había muchos conejos. Metió hierbas y salvado en el saco, se tendió como si estuviera muerto, y esperó a que algún gazapo que supiera poco de mañas se colase en el saco para sacar lo que había puesto dentro.

Apenas estuvo en el suelo, cuando un aturdido gazapillo se metió en el saco. Maese Zapirón tiró en el acto de los cordones, agarró el gazapo y lo mató sin misericordia.

Muy orgulloso de su presa, fue al palacio del rey y pidió audiencia. Le hicieron subir a la cámara real y en cuanto entró hizo una gran reverencia y le dijo al rey:

—Señor, el marqués de la Chirimía[42], (este fue el título que dio a su amo) me ha encargado que os ofrezca este conejo.

—Dile al marqués —contestó el rey— que le doy las gracias y recibo su regalo con gusto.

Otro día, maese Zapirón fue a un campo de trigo, donde se ocultó con el saco abierto como de costumbre, y cuando se hubieron metido en él dos perdices, cerró los cordones y cazó las dos. Se fue enseguida a

---

[42]   De *Carabas* en Perrault.

regalárselas al rey, como había hecho con el conejo; el rey las recibió muy contento y mandó que le dieran una propina.

Durante algunos meses el gato continuó llevando al rey conejos y perdices como regalos de su amo. Supo un día que el monarca debía ir a pasear con su hija, la más bella de las princesas, a orillas del río, y dijo al pobre hijo del molinero:

—Si queréis seguir mi consejo, ganaréis una fortuna, y para lograrlo no tenéis nada más que hacer que bañaros en el punto del río que os indicaré, y luego dejadme obrar.

El marqués de la Chirimía hizo lo que su gato le aconsejaba, sin adivinar lo que se proponía. Mientras se estaba bañando pasó el rey y el gato comenzó a gritar tan recio como pudo:

—¡Socorro!, ¡socorro! ¡El marqués de la Chirimía se ahoga!

A sus gritos, el rey asomó la cabeza a la portezuela del carruaje, reconoció al gato que le había traído conejos y perdices tantas veces, y ordenó a su escolta que fuese volando en socorro del marqués de la Chirimía.

Mientras sacaban del río al pobre marqués, el gato se acercó a la carroza y dijo al rey que durante el tiempo que su amo había estado bañándose habían venido ladrones y se habían llevado sus vestidos, a pesar de haber dado voces con toda la fuerza de que era capaz. El pillín había ocultado los vestidos debajo de una gruesa piedra.

El rey ordenó en el acto que oficiales de su guardarropa fuesen a buscar uno de los más hermosos vestidos para el señor marqués de la Chirimía, con quien el
monarca se mostró muy amable. Como los ricos vestidos que acababan de traerle pusieron más de relieve su
buen aspecto, pues era bello y bien formado, la hija del
rey le dijo que era muy buen mozo. Bastaron dos o tres
miradas del marqués, muy respetuosas y algo tiernas,
para que la princesa se enamorase locamente de él.

El rey quiso que subiera al coche y hablara con él.
Muy alegre el gato de ver que sus planes comenzaban
a tener buen éxito, se adelantó, y habiendo encontrado
dos campesinas que guadañaban un prado, les dijo:

—Buenas gentes que estáis guadañando, si no decís al rey que este prado pertenece al señor marqués
de la Chirimía, seréis destrozados hasta hacer picadillo
con vuestras carnes.

El rey no dejó de preguntar a las guadañeras de
quién era el prado en el que trabajaban, y como la
amenaza de maese Zapirón les había espantado, ambas
contestaron a un tiempo:

—Pertenece al señor marqués de la Chirimía.

—Tenéis una magnífica propiedad —le dijo el rey.

—Es un prado —respondió el marqués— que no
deja de producirme muy buena renta cada año.

El gato, que continuaba teniendo la delantera, encontró varios segadores y les dijo:

—Buenas gentes que estáis segando, si no decís
que todos estos trigos pertenecen al señor marqués de

la Chirimía, seréis destrozados hasta hacer picadillo con vuestras carnes.

Pasó el rey poco después y quiso saber quién era el dueño de todos los trigos que veía.

—Pertenecen al señor marqués de la Chirimía —contestaron los segadores—, y el rey expresó de nuevo su contento al marqués. El gato, que no había dejado de ir delante de la carroza, dirigía las mismas palabras a cuantos encontraba y el rey estaba maravillado de los muchos bienes que tenía el señor marqués de la Chirimía.

Maese Zapirón llegó por último a un hermoso castillo cuyo dueño era un ogro, el ogro más rico que se haya visto, pues todas las tierras por donde el rey había pasado dependían de su castillo. El gato, que había procurado informarse de quién era el ogro y lo que sabía hacer, pidió hablarle diciendo que no había querido pasar tan cerca del castillo sin haber tenido el honor de ofrecerle sus respetos.

El ogro lo recibió con toda la finura de que es capaz un ogro, y lo invitó a descansar.

—Me han asegurado —dijo el gato— que tenéis el don de transformaros en toda clase de animales, como por ejemplo, en león, en elefante...

—Es verdad —contestó el ogro bruscamente—, y para mostrároslo me veréis convertido en león. Tan grande fue el espanto del gato al hallarse ante un león, que de un salto se subió al alero del tejado, no sin pena ni peligro por causa de sus botas, que de nada le servían para andar por encima de las tejas.

Cuando el ogro hubo recobrado su primitiva forma, el gato bajó del tejado y confesó que había tenido miedo.

—También me han asegurado —añadió maese Zapirón—, pero no puedo creerlo, que podéis tomar la forma de los más pequeños animales, como, por ejemplo, convertiros en rata o en ratoncillo. Os confieso que tal cosa la tengo por del todo imposible.

—¡Imposible! —exclamó el ogro—; ahora veréis.

Apenas hubo pronunciado estas palabras, cuando se transformó en un ratoncillo que comenzó a corretear por el suelo. En cuanto el gato lo vio, lo atrapó y se lo comió.

Mientras tanto, el rey, que al pasar se había fijado en el soberbio castillo, quiso entrar en él. Oyó el gato el ruido de la carroza que atravesaba el puente levadizo, salió al encuentro del monarca y le dijo:

—Sea bienvenida Vuestra Majestad al castillo del señor marqués de la Chirimía.

—¿También os pertenece este castillo, señor marqués? —preguntó el rey—. Es imposible hallar cosa más agradable que este patio y los edificios que le rodean. Veamos el interior.

El marqués tomó de la mano a la joven princesa y ambos siguieron al rey, que subió el primero. Entraron en una gran sala en donde hallaron una magnífica comida que el ogro había mandado disponer para sus

amigos. Estos debían verle aquel mismo día, pero no se habían atrevido a entrar al saber que el rey estaba allí. El monarca estaba muy satisfecho de las buenas cualidades del señor marqués, lo mismo que la princesa, que estaba locamente enamorada de él al ver los grandes bienes que poseía[43]. Después de haber bebido cinco o seis veces, le dijo:

—De vos depende, señor marqués, que seáis mi yerno.

El marqués hizo una gran reverencia y aceptó el honor que le dispensaba el rey, y aquel mismo día se casó con la princesa. El gato llegó a ser un señor muy principal y sólo cazó ya ratones por diversión.

Moraleja[44]

Vale mucho una herencia,
pero más vale
el ingenio, el trabajo
y el ¡dale!, ¡dale!
de la constancia,
cualidades que derriban
grandes montañas.

---

[43]   Punto de interés material nada romántico.
[44]   Original de Baró. Las dos de Perrault son:

«Por grande que sea el beneficio / de gozar de una rica herencia / que de padres a hijos a nosotros venga, / a los jóvenes, de ordinario, / la destreza y el saber hacer / les valen más que los bienes al nacer».

«Si el hijo de un molinero, con tanta rapidez / gana el corazón de una princesa / y con ojos mortecinos se hace mirar, / es porque la juventud, la cara y el vestido, / para ternura inspirar, / no le son medios siempre desconocidos».

No te asuste ni te venza
el ser muy pobre,
que el talento abrir puede
ancho horizonte,
y la riqueza
del hombre laborioso
es su recompensa.

LAS HADAS

Cierta viuda tenía dos hijas; la mayor tanto se la asemejaba en el carácter y el rostro, que quien la miraba, a su madre veía. Madre e hija eran tan poco amables y tan orgullosas, que no había manera de vivir con ellas. La menor era el exacto retrato de su padre por su dulzura y honestidad, y cuantos la conocían afirmaban que era joven hermosísima de alma y de cuerpo. Como cada cual ama a su semejante, con delirio quería la madre a la mayor y era grande su aversión por la otra, a quien obligaba a comer en la cocina, condenándola a un trabajo incesante. La pobre criatura se veía obligada a ir dos veces al día en busca de agua a un punto que distaba más de media legua[45] de la casa, de donde regresaba con una enorme jarra llena. Un día que estaba en la fuente, se le acercó una pobre mujer y le rogó que le diese de beber.

—Con mucho gusto, mi buena madre —le contestó la hermosa joven.

Levantó la jarra, la llenó de agua en el sitio de la fuente donde era más cristalina, y luego la sostuvo ofreciéndosela a la vieja para que bebiera con toda comodidad.

---

[45] Unos 2,5 kilómetros.

La pobre mujer, una vez que hubo apagado su sed, le dijo:

—Eres tan bella, tan hermosa y tan honesta que quiero hacerte un don: a cada palabra que digas saldrá de tu boca una flor o una piedra preciosa.

La vieja era un hada que había tomado la apariencia de una pobre mujer de aldea para ver hasta dónde llegaba la bondad de la joven.

En cuanto llegó a su casa, su madre la riñó por volver tan tarde de la fuente.

—Perdón os pido, madre mía —contestó la pobre joven—, por haber tardado tanto tiempo.

Al decir estas palabras, le salieron de la boca dos rosas, dos perlas y dos gruesos diamantes.

—¡Qué veo! —exclamó la madre, llena de admiración—. ¡Me parece que te salen de la boca perlas y diamantes! ¿A qué se debe esto, hija mía?

Fue la vez primera que le llamó hija. La pobre joven le contó candorosamente lo que le había pasado, y mientras hablaba saltaban diamantes en número infinito de sus labios.

«Es necesario que envíe a mi otra hija a la fuente» —se dijo la madre.

—Ven, mira lo que sale de la boca de tu hermana cuando habla. ¿No te gustaría poseer el mismo don? Para alcanzarlo no tienes más que ir por agua a la fuente, y cuando una pobre mujer te pida de beber, complacerla con mucha amabilidad.

—¡No faltaba más! —exclamó la mayor—; ¡ir yo a la fuente!

—Quiero que vayas enseguida —ordenó la madre.

A la fuente fue, pero murmurando todo el camino. Se llevó la más hermosa jarra de plata que había en la casa, y en cuanto llegó a la fuente vio que salía del bosque una dama magníficamente vestida, que le pidió de beber. Era la misma hada que se le había aparecido a su hermana, pero que esta vez se presentaba con las maneras y vestidos de una princesa, para ver hasta dónde llegaba la maldad de la joven.

—¿Acaso he venido aquí —le contestó con rudeza la orgullosa—, para daros de beber? ¿Creéis que para eso he traído una jarra de plata? Ahí está la fuente; si tenéis sed, bebed.

El hada le contestó, sin que sus palabras revelasen irritación:

—No eres buena, y puesto que tan poca es tu amabilidad, te concedo un don: a cada palabra que pronuncies, saldrá de tu boca una culebra o un galápago.

Al regresar a la casa gritó su madre en cuanto la vio.

—¿Y bien, hija mía?

—¿Y bien, madre mía? —contestó secamente, mientras saltaban de su boca dos víboras y dos galápagos.

— ¡Cielo santo! —exclamó la madre—; tu hermana tiene la culpa de esto y me las pagará.

Dicho esto corrió detrás de la menor para golpearla, y la pobre joven escapó y fue al bosque próximo, donde se refugió. La encontró el hijo del rey, que volvía de caza, y al verla tan hermosa le preguntó qué hacía sola en tal sitio y por qué lloraba.

—¡Ah, señor —sollozó—, mi madre me ha echado de casa!

El hijo del rey, que vio salir de su boca cinco o seis perlas y otros tantos diamantes, le rogó que le dijera a qué se debía tal maravilla. La joven le contó su aventura de la fuente. El príncipe se enamoró de ella, y como consideró que el don que poseía valía más que la dote que pudiese tener cualquier otra mujer, la llevó al palacio de su padre y se casó con ella.

En cuanto a la hermana mayor, tanto se hizo aborrecer, que su madre la echó fuera; y después de haber andado mucho la desgraciada sin encontrar quien quisiera recibirla, murió en un rincón del bosque.

Moraleja

Con diamantes y dinero
mucho se consigue en verdad,
pero con dulces palabras
aún se consigue mucho más.

Otra moraleja

La honradez, tarde o temprano
alcanza su recompensa,
y con frecuencia se logra
cuando en ella no se piensa.

CENICIENTA
O
EL ZAPATITO DE CRISTAL

Érase una vez un gentilhombre que se casó en segundas nupcias con una mujer, tan altiva y huraña como no ha habido otra. Tenía la mujer dos hijas, tan orgullosas como ella y que en todo se le parecían. El esposo tenía una hija, cuya dulzura y bondad nadie aventajaba; cualidades que asemejaban las de su difunta madre, que fue buena entre las buenas.

Apenas celebradas las bodas, la madrastra hizo caer su pésimo carácter sobre la joven, cuyas buenas cualidades no soportaba, y mucho menos cuando las comparaba con las de sus hijas, porque estas aparecían aún más despreciables. Le encargó que hiciera las más humildes faenas de la casa: debía lavar los platos y todos los cacharros de la cocina; barría los cuartos de la señora y de sus dos hijas; dormía en el granero y en un mal jergón; mientras que sus hermanas estaban en habitaciones bien amuebladas, tenían camas lujosas y grandes espejos en los que se veían de la cabeza a los pies. La desdichada sufría con paciencia y no se atrevía a quejarse a su padre, que la hubiera reñido porque estaba dominado por su mujer.

Cuando terminaba sus tareas iba a un rincón de la chimenea y se sentaba encima de la ceniza, lo que dio origen a que la aplicaran un feo mote[46]. Pero la menor,

---

[46] *Cucendron* o *culcendron* (Culosucio o Culoceniza, porque sobre la ceniza se sentaba) es el mote que aparece en el original de Perrault.

que no era tan mala como su hermana, le llamaba Cenicienta, a pesar de lo cual la pobrecita, con sus vestidos
remendados, era cien veces más hermosa que sus hermanas y sus magníficos trajes.

En aquel entonces, el hijo del rey dio un baile al que
invitó a todas las personas distinguidas y también a las
dos señoritas, que figuraban en primera línea entre las de
aquel país. Se ocuparon entonces en escoger los vestidos
y adornos que mejor habían de sentarles, todo lo cual
hizo que aumentase el trabajo para Cenicienta, porque
ella era la que repasaba la ropa de sus hermanas y cui-
daba del atadillo y los pliegues de sus jubones. Sólo se
hablaba del traje que se pondrían.

—Yo —dijo la mayor—, llevaré el vestido de tercio-
pelo rojo y un juego de joyas de Inglaterra.

—Yo —añadió la menor— me pondré las sayas que
acostumbro llevar, pero, en cambio, ostentaré mi manto
bordado de flores de oro y mi adorno de diamantes, que
es joya de las mejores.

Hicieron venir a una buena peinadora para que hiciera maravillas, y enviaron por lunares de adorno a la
tienda donde mejor los fabricaban. Llamaron a Cenicienta para pedirle su opinión, porque su gusto era exquisito,
y ella les dio excelentes consejos y hasta se ofreció para
peinarlas, lo que aceptaron sus hermanastras.

Mientras las estaba peinando, le dijeron:

—Cenicienta, ¿te gustaría ir al baile?

—¡Ay, señoritas, ustedes se burlan de mí! ¡No es al
baile donde debo ir!

—Tienes razón. ¡Cómo se reirían si viesen a una joven como tú en el baile!

Otra que no hubiese sido Cenicienta las hubiera peinado mal; pero era buena y las peinó perfectamente bien. Casi dos días estuvieron sin comer, de tanta alegría que tenían; rompieron más de doce lazos a fuerza de apretar para que su talle fuese más chiquitito, y se pasaron todo el tiempo delante del espejo.

Por fin llegó el tan deseado día. Se fueron al baile y Cenicienta las siguió con la mirada hasta perderlas de vista. Cuando hubieron desaparecido se puso a llorar. Su madrina, al verla cubierta de llanto, le preguntó qué le pasaba.

—Yo quisiera... yo quisiera...

Los sollozos le ahogaban la voz y no podía continuar. Su madrina, que era hada[47], le dijo:

—Deseas ir al baile, ¿he adivinado?

—¡Ay, sí! —contestó Cenicienta suspirando.

—¿Serás buena? —le preguntó su madrina—. Si lo eres, irás al baile.

La llevó a su cuarto, y le dijo:

—Ve al huerto y tráeme una calabaza.

Cenicienta fue enseguida a buscarla y eligió la más hermosa que encontró. Se la entregó a su madrina, sin poder adivinar qué tenía que ver la calabaza con el baile. Su madrina la vació y, cuando sólo quedó la corteza, la tocó con su varita e inmediatamente se convirtió en una

---

[47] En otras versiones del cuento es un pajarito mágico (Grimm).

magnífica carroza dorada. Fue luego en busca de la ratonera, donde halló seis ratones, todos vivos. Dijo a Cenicienta que levantara un poquito la trampa, y cuando salía uno, le daba un golpecito con su varilla que lo transformaba inmediatamente en un soberbio caballo. Así reunió un magnífico tiro de seis corceles de un color gris rata tan hermoso que era de admirar.

Pensando estaba con qué haría un cochero, cuando Cenicienta dijo:

—Veré si ha quedado algún ratón en la ratonera y lo convertiremos en cochero.

—Buena idea —le contestó—; ve a mirarlo.

Cenicienta volvió con la ratonera, en la que había tres grandes ratas. El hada escogió una entre las tres, a la que prefirió por su barba. La tocó con su varita y la rata se transformó en un fornido cochero de grandes bigotes.

Luego le dijo:

—Ve al jardín y tráeme seis lagartos que encontrarás detrás de la regadera.

Así lo hizo, y en el acto su madrina convirtió los lagartos en otros tantos lacayos, que inmediatamente subieron a la carroza con sus libreas galoneadas y se mantuvieron tan firmes como si no hubiesen hecho otra cosa en su vida.

El hada le dijo entonces a Cenicienta:

—¡Vaya!, ya tienes lo necesario para ir al baile. ¿Estás contenta?

—Sí, madrina, pero, ¿iré al baile con mi feo vestido?

Su madrina la tocó con la varita y sus ropas se convirtieron en vestidos de oro y seda bordados de pedrería. Luego le dio unos zapatitos de cristal, los más hermosos que hayan visto ojos humanos. Subió Cenicienta a la carroza y su madrina le dijo con mucho empeño que saliese del baile antes de medianoche, y le advirtió que si permanecía en él un momento más, la carroza volvería a convertirse en calabaza, los caballos en ratones, los lacayos en lagartos y sus hermosos vestidos recuperarían la forma primitiva que tenían.

Después de haber prometido a su madrina que se retiraría del baile antes de la medianoche, se fue llena de alegría. Dieron aviso al hijo del rey de que acababa de llegar una gran princesa desconocida y corrió a recibirla. Le dio la mano para que bajara de la carroza y la llevó al salón donde estaban los invitados. A su entrada reinó un gran silencio, dejaron todos de bailar y se detuvieron los violines, pues tanta fue la impresión producida por la extraordinaria belleza de la desconocida y tan grande el deseo de contemplarla. Sólo se oía el confuso murmullo producido por esta exclamación que salía de todos los labios.

—¡Qué hermosa es!

El mismo rey, a pesar de su vejez, no se cansaba de mirarla y decía en voz baja a la reina que hacía mucho tiempo que no había visto una mujer tan bella y amable. Todas las damas estaban absortas en la contemplación de su peinado y sus vestidos con el propósito de tener otros iguales al día siguiente, aunque dudaban de poder encontrar telas tan bellas y modistas hábiles para hacerlos.

El hijo del rey la llevó al lugar más distinguido y luego la invitó a bailar. Bailó con tanta gracia que la admiraron todavía más. Sirvieron un espléndido refresco, pero nada probó el joven príncipe, pues sólo pensaba en mirarla. Cenicienta fue a sentarse al lado de sus hermanas, con quienes se mostró muy amable. Les ofreció naranjas y limones de los que el príncipe le había ofrecido, lo que las admiró mucho, porque no la reconocieron.

Mientras estaban hablando, Cenicienta oyó que el reloj daba las doce menos cuarto. Hizo una gran reverencia a los asistentes y se fue tan deprisa como pudo. En cuanto llegó a su casa se dirigió al encuentro de su madrina, y después de haberle dado las gracias le dijo que desearía volver al baile al día siguiente, porque el hijo del rey se lo había rogado. Ocupada estaba contando a su madrina todo lo que había ocurrido, cuando las dos hermanas llamaron a la puerta. Cenicienta fue a abrir, y les dijo:

—¡Cuánto habéis tardado en volver!

Al mismo tiempo se frotaba los ojos y se desperezaba como si acabara de despertar, por más que no hubiese pensado en dormir desde que se separaron. Una de sus hermanas exclamó:

—Si hubieses estado en el baile no te hubieras aburrido, pues ha ido la más hermosa princesa que pueda verse, quien se ha mostrado con nosotras muy amable y nos ha dado naranjas y limones.

Extraordinario era el júbilo de Cenicienta. Les preguntó el nombre de la princesa, y le contestaron que se ignoraba, y añadieron que esto hacía sufrir mucho al hijo

del rey, que daría todas las riquezas del mundo por saberlo. Sonrió Cenicienta, y les dijo:

—¿Era muy bella? ¡Dios mío, qué dichosas sois vosotras!, y también lo sería yo si pudiese verla. Hermana mía, préstame tu vestido amarillo, el que te pones cada día.

—¿Crees que he perdido el juicio? No estoy loca de remate para prestar mi vestido a una fea y sucia como tú.

Cenicienta contaba con esta negativa, que no le pesó porque no habría sabido qué hacer si su hermana hubiese accedido a lo que le pedía.

Al día siguiente, las dos hermanas fueron al baile y también Cenicienta, pero más adornada que la vez primera. El hijo del rey no se apartó de su lado y no dejó de hablarle con gracia. Con gusto le oía la joven, hasta tal punto que olvidó lo que su madrina le había encargado y sonó la primera campanada de medianoche, cuando ella creía que no eran aún las once. Se levantó y huyó con la ligereza de una corza seguida del príncipe, pero sin que él pudiera alcanzarla. En su fuga perdió uno de los zapatitos de cristal, que el hijo del rey recogió. Cenicienta llegó a su casa muy cansada, sin carroza, sin lacayos y con su feo vestido, pues de su magnificencia tan sólo le había quedado uno de los zapatitos de cristal, la pareja del que había perdido. Preguntaron a los guardias de las puertas del palacio si habían visto salir a una princesa, y contestaron que sólo habían visto salir a una joven muy mal vestida, cuyo aspecto era más el de una campesina que el de una señorita.

Cuando las dos hermanas regresaron del baile, Cenicienta les preguntó si se habían divertido mucho y si la hermosa princesa había asistido. Contestaron afirmativamente, y añadieron que al dar la medianoche había huido con tanto apresuramiento que había dejado caer uno de sus zapatitos de cristal, el zapatito más bonito del mundo. También contaron que el hijo del rey lo había recogido, y que hasta acabar el baile no había hecho otra cosa más que mirarlo, lo que demostraba que estaba enamorado de la joven a quien el diminuto zapatito pertenecía.

Dijeron la verdad, pues pocos días después el hijo del rey mandó publicar a son de trompeta que se casaría con aquella a cuyo pie se amoldase exactamente el zapatito. Comenzaron por probárselo a las princesas, luego a las duquesas y después a todas las señoritas de la corte. Lo llevaron a la casa de las dos hermanas, que hicieron grandes esfuerzos[48] para que su pie entrase en el zapatito, pero sin lograrlo. Cenicienta, que las estaba mirando, reconoció su zapatito y les dijo riendo:

—Dejad que vea si mi pie entra en él.

Sus hermanas soltaron una carcajada y se burlaron de ella. El gentilhombre que probaba el zapatito, miró con atención a Cenicienta, vio que era muy bella y dijo que su deseo era justo, pues tenía orden de probar el zapatito a todas las jóvenes. Hizo que Cenicienta se sentase, acercó el zapatito a su diminuto pie y notó que este entraba sin dificultad hasta quedar calzado como si se hubiese moldeado en cera.

Grande fue el asombro de ambas hermanas, y subió de punto cuando Cenicienta sacó del bolsillo el otro

---

[48] En algunas versiones las hermanas llegan incluso a recortarse los pies para que cupieran en el zapatito, por lo cual sería extraño que fuese una chinela sin talón.

diminuto zapatito, en el que metió el pie que no estaba calzado. En esto llegó la madrina, quien tocando con su varita los vestidos de Cenicienta los convirtió en otros aún más preciosos que los que había llevado.

Entonces, las dos hermanas reconocieron en ella a aquella joven que habían visto en el baile y se arrojaron a sus pies para pedirle perdón por los malos tratos que le habían hecho sufrir. Cenicienta las levantó y abrazándolas les rogó que con toda su alma las perdonaba, y las rogó que la amasen siempre. Vestida como estaba, la llevaron al palacio del joven príncipe, que la halló más hermosa que antes y se casó con ella a los pocos días. Y Cenicienta, tan buena como bella, mandó que sus dos hermanas se alojaran en palacio y el mismo día las casó con dos grandes señores de la corte.

Moraleja

Para ganar voluntades,
para abrirse corazones,
más que trajes y peinados
sirve un alma pura y noble.

Otra moraleja

No olvidéis que entre las dádivas
de las hadas, la mejor
no es la belleza del rostro,
sino la del corazón[49].

---

[49] La segunda moraleja que aparece es del propio Baró. Esta es la de Perrault: «Es sin duda gran ventaja / tener ingenio y valor, / buena cuna, buen sentido, / y otros talentos parecidos / que reparte del Cielo el Creador. / Pero aunque muchos tengas, / vanas serán en tu cuenta / sin padrinos o madrinas tener / para hacerlas valer».

RIQUETE EL DEL COPETE

ierta reina tuvo un hijo tan feo que durante mucho tiempo se dudó de si había algo de humano en su forma. Un hada que estaba presente cuando nació, aseguró que sería amable porque tendría mucho talento, y añadió que, en virtud del don que acababa de hacerle, podría dotar de cuanto ingenio quisiera a la persona a quien más amara.

Esto consoló un poco a la pobre reina, muy afligida por ser madre de un niño tan horroroso. En cuanto comenzó a hablar dijo cosas muy agradables, y tanta era su gracia en todo que no había quien no deseara verlo y oírlo. Olvidé decir que nació con un mechoncito en la cabeza, a lo que se debió que se lo conociera por Riquete el del Copete, porque Riquete era el nombre de la familia.

Al cabo de siete u ocho años, la reina de un país vecino tuvo dos hijas gemelas. La que nació primero era más hermosa que el lucero, y tanta fue la alegría de la reina que se temió que enfermara de gozo. La misma hada que había asistido al nacimiento de Riquete el del Copete asistió al de la princesa, y para moderar el júbilo a la madre le dijo que la princesa no tendría talento y sería tan estúpida como bella. Esto mortificó mucho a la reina, pero poco después aumentó su pena porque la segunda hija que vino al mundo era tremendamente fea.

—No os aflijáis —le dijo el hada—, pues vuestra hija tendrá otras cualidades, ya que le falta la belleza; y tanto será su talento que nadie se dará cuenta de que no es hermosa.

—Dios lo quiera —contestó la reina—; pero, decidme, ¿no habría medio de que tuviese algo de talento la mayor, que es tan bella?

—Nada puedo hacer por ella en cuanto a talento se refiere —contestó el hada—, pero todo me es posible respecto a la belleza. Como estoy dispuesta a todo por complaceros, le concedo el don de poder transformar en un ser hermoso a la persona a quien quiera hacer tal gracia.

A medida que las dos princesas iban creciendo, sus perfecciones aumentaban y sólo se hablaba de la belleza de la mayor y del talento de la menor. Verdad es que sus defectos también tomaron mayores proporciones con la edad, pues la una era cada vez más fea y más estúpida la otra, que dejaba sin respuesta las preguntas que se le hacían o contestaba una necedad, y era tan torpe que no podía tocar un objeto sin romperlo ni beber un vaso de agua sin derramar la mitad sobre sus vestidos.

Aunque la belleza sea una gran cualidad para una joven, preciso es confesar que la otra aventajaba del todo a su hermana. Primero iban los cortesanos al lado de la más hermosa por verla y admirarla, pero luego se acercaban a la que tenía más ingenio para oírle decir mil cosas agradables; de manera que a los quince minutos la mayor estaba completamente sola y todo el mundo rodeaba a la menor. La primera, aunque muy estúpida, no dejó de observar lo que pasaba, y sin pena hubiera dado toda su belleza por tener la mitad del talento que su hermana. La reina, a pesar de que era muy prudente, la regañó varias

veces por sus necedades y estos reproches mataban de pena a la pobre princesa.

Un día que se retiró a un bosque para llorar su desgracia, vio dirigirse a donde estaba a un hombre bajo de estatura, muy feo y de aspecto desagradable, pero con mucha magnificencia vestido. Era el joven príncipe Riquete el del Copete, que se había enamorado de ella al ver los retratos de la princesa, que se encontraban por todas partes, y había abandonado el reino de su padre para proporcionarse la dicha de verla y hablar y con ella. Lleno de contento al hallarla sola, se aproximó a ella con todo el respeto y una finura imaginables. Como después de haberla saludado observó que estaba dominada por la melancolía, le dijo:

—No comprendo, señora, cómo es posible que una persona tan bella como vos pueda estar tan triste como parece que estáis; pues aunque he visto muchas mujeres hermosas, su belleza ni siquiera puede compararse con la vuestra.

—Eso lo decís porque sí —contestó la princesa, sin añadir otra palabra.

—La belleza —continuó Riquete el del Copete—, es un don tan precioso que debe suplir a los demás; y no acierto a comprender que haya nada que pueda afligir cuando se posee la hermosura.

—Preferiría —dijo la princesa— ser tan fea como vos y tener talento, a estar dotada de belleza y ser tan tonta como soy.

—La señal más segura de que se tiene talento es creer que se carece de él, pues con el talento sucede que cuanto más extraordinario es, mayor es la convicción de que no lo tiene el que de él está dotado.

—Ignoro si es exacto lo que decís —replicó la princesa—; pero lo que sé es que soy muy tonta, y eso explica la pena que me mata.

—Si sólo es eso lo que os apesadumbra —dijo Riquete el del Copete— puedo poner término a vuestra pena.

—¿De qué manera? —preguntó la princesa.

—Porque puedo conceder el don del talento a la persona que yo más ame; y como vos, señora, sois esa persona, de vos depende el tener talento, a condición de casaros conmigo.

La princesa se quedó en una gran confusión y no supo qué contestar.

—Observo —le dijo Riquete el del Copete— que mi proposición os disgusta y, como no me sorprende, os concedo un año entero para que os decidáis.

Era tan tonta la princesa como grande era su deseo de dejar de serlo, y como temía que no llegase nunca el final de aquel año que se le concedía de plazo, aceptó la proposición que se le hizo. En cuanto hubo prometido a Riquete el del Copete que se casaría con él al cabo de un año, día a día fue sintiéndose completamente transformada y con increíble facilidad para expresar sus ideas con delicadeza, naturalidad y finura. Comenzó por tener una conversación muy larga con Riquete el del Copete, que creyó haberle concedido más talento que el que se había reservado para él.

Cuando estuvo de regreso en el palacio, muy grande fue la sorpresa de la corte entera, que no sabía cómo explicarse un cambio tan repentino y extraordinario, pues si antes decía necedades, ahora discurría con mucho seso y gracia extremada. La alegría fue grande[50], y el rey comenzó a guiarse por lo que le decía su hija, hasta tal punto de que algunas veces el Consejo del reino se reunió en sus habitaciones. La noticia de la transformación circuló con rapidez y todos los jóvenes príncipes de los reinos vecinos intentaron enamorarla y casi todos pidieron su mano en matrimonio, pero no halló uno que tuviere bastante talento; y aunque los escuchaba a todos, no se comprometía con ninguno. Pero se presentó uno tan poderoso, tan rico, tan inteligente y tan humano, que no pudo dominar el sentir cierta inclinación por él. Su padre lo notó y le dijo que la dejaba libre para elegir esposo, y que no tenía más que hacer sino decir el nombre del preferido. Pero como las personas de talento son las que más vacilantes se muestran en esta cuestión, después de haber dado las gracias a su padre le pidió tiempo para reflexionar.

Cierto día, por casualidad, fue a pasear por el mismo bosque donde había encontrado a Riquete el del Copete, y se dirigió a aquel punto solitario con el propósito de discurrir más a sus anchas sobre lo que debía hacer. Mientras estaba paseando completamente sumida en sus pensamientos, oyó bajo sus pies un ruido sordo, como

---

[50]   «Toda la corte tuvo por ello una alegría que no puede imaginarse, y tan sólo su hermana menor no se regocijó mucho por ello, porque al no tener la ventaja del ingenio sobre su hermana, cerca de ella ya no parecía más que una mona muy desagradable». No aparece en la traducción de Baró.

producido por varias personas que van, vienen y trabajan. Escuchó con más atención y oyó que decían:

—Trae esa marmita.

—Dame aquella caldera.

—Pon leña en el fuego.

En aquel instante, la tierra se abrió y vio a sus pies una especie de cocina muy grande llena de cocineros, marmitones, pinches y toda la gente necesaria para preparar un magnífico festín. Apareció una banda compuesta de veinte o treinta cocineros, y todos ellos, con la aguja de mechar en la mano, fueron a un claro del bosque, se situaron alrededor de una larguísima mesa y comenzaron a trabajar acompasadamente al son de un canto armonioso.

Admirada por este espectáculo, les preguntó la princesa para quién trabajaban, y el que parecía ser jefe de los cocineros le contestó:

—Trabajamos para el príncipe Riquete el del Copete, cuyas bodas se celebran mañana.

Su sorpresa fue en aumento al oír la respuesta, pues recordó de pronto que hacía un año, día por día, que había prometido casarse con el príncipe Riquete el del Copete. Tal fue la impresión que le produjo la noticia, que poco faltó para que se quedara petrificada. El no acordarse de lo prometido se debía a que cuando hizo la promesa era una tonta, y al sentirse dotada del ingenio que el príncipe le había concedido había olvidado todas sus necedades.

Apenas hubo dado treinta pasos más en su paseo, cuando se le presentó Riquete el del Copete, bien compuesto y vestido con magnificencia, como conviene a un príncipe que va a casarse.

—Cumplo mi palabra con exactitud —le dijo—, y tengo la seguridad de que habéis venido aquí para cumplir la vuestra y hacerme el más dichoso de los hombres al concederme vuestra mano.

—Os contestaré con franqueza —murmuró ella— que aún no he tomado una decisión sobre el asunto y que me parece que nunca podré tomarla tal cual la deseáis.

—Vuestras palabras me sorprenden, señora —le dijo Riquete el del Copete.

—No me extraña —replicó la princesa—, y si la persona con quien estoy hablando fuera un hombre brusco, un necio, me hallaría en una situación muy embarazosa. «Una princesa no puede faltar a su palabra —me diría—, y debéis casaros conmigo puesto que me lo habéis prometido»; pero como vos sois el hombre de más ingenio del mundo, tengo la seguridad de que me haréis justicia. Si sabéis que cuando era una necia, a pesar de serlo no podía decidirme a ser vuestra esposa; entonces, ¿cómo es posible que teniendo el ingenio que me habéis dado, ingenio que ha hecho más delicado mi gusto por lo que a las personas se refiere, pueda hoy tomar una decisión que entonces no logré adoptar? Si estáis del todo decidido a casaros conmigo, os diré que no debíais haberme privado de mi necedad ni darme ingenio para ver las cosas con criterio exquisito.

Roquete contestó:

—Si confesáis que un hombre sin talento tendría el derecho de reprocharos vuestra falta de palabra, ¿cómo queréis que no lo use tratándose de la felicidad de mi vida entera? ¿Es razonable que las personas dotadas de ingenio sean de peor condición que las necias? ¿Podéis sostener tal cosa, vos, dotada de tanto talento y que tanto habéis deseado tenerlo? Pasemos al hecho, si no os desagrada. Prescindiendo de mi fealdad, ¿hay algo en mí que os disguste? ¿Estáis descontenta de mi cuna, de mi ingenio, de mi carácter o de mis maneras?

—No, por cierto —dijo la princesa—; en vos me gusta todo cuanto acabáis de enumerar.

—Siendo así seré dichoso, porque podéis transformarme en el más hermoso de los hombres.

—¿Cómo puedo hacerlo? —preguntó la princesa.

—Eso será si me amáis lo bastante para desear que así sea. Para que no dudéis de lo que digo, sabed, señora, que el mismo hada que el día de mi nacimiento me concedió el don de poder convertir en persona de talento a la que amara, también a vos os concedió el de poder dotar de hermosura al que améis y queráis conceder tal favor.

—Si es así —exclamó la princesa—, deseo con todo mi corazón que os convirtáis en el hombre más bello y simpático. En todo lo que de mí dependa, os concedo el don.

Apenas hubo pronunciado estas palabras, cuando Riquete el del Copete se transformó en el príncipe más hermoso y más simpático el mundo. Hay quien dice que no fueron los encantos del hada los que operaron la metamorfosis, y afirma que se debió al amor. Añaden que al haber reflexionado la princesa sobre la perseverancia de su novio, su discreción y las buenas cualidades de su alma, no vio la deformidad del cuerpo ni la fealdad del rostro; que su joroba le pareció efecto natural de la actitud que imprime al cuerpo el hombre que se da importancia, y que de su cojera sólo notó un encantador modo de andar. Dicen también que, a pesar de ser bizco, se convenció de que sus ojos eran hermosos; y que su defectuoso mirar le pareció efecto de la fuerza con que expresaba su amor. Y, por último, que en su nariz gruesa y roja vio algo marcial y heroico.

Fuese lo que fuese, la princesa le prometió allí mismo casarse con él mientras tuviera el consentimiento del rey, su padre, que, al saber que su hija quería mucho a Riquete el del Copete, de quien había oído hablar como de un príncipe de extraordinario talento y prudencia, accedió con mucha alegría a la petición que hizo. Al día siguiente se celebró la boda tal como había previsto Riquete el del Copete; y los festejos se llevaron a cabo según las órdenes que había dado con mucha anticipación.

Moraleja

Puedes decir con certeza
que lo amado es siempre bello,
pues del amor el destello
a todo infunde belleza;
añade que la hermosura
vale mucho, mas no tanto
como el ingenio, que es el encanto
más precioso y que más dura[51].

---

[51] Las dos moralejas de Perrault para este cuento son:

«Lo que se ve en este escrito / es menos un cuento al aire que la verdad misma, / todo es bello en aquello que se ama; / todo lo que se ama tiene alma».

«En un objeto en el que la naturaleza / haya puesto rasgos bellos, y el vivo retrato / de una tez al que el arte nunca sabría alcanzar, / todos esos dones podrán menos hacer a un corazón sensible / que el sólo permiso invisible / que el Amor allí le hará encontrar».

PULGARCITO[52]

Erase una vez un leñador y una leñadora que tenían siete hijos, todos varones; diez años tenía el mayor y el menor siete. Sorprenderá que en tan corto intervalo tantos hijos hubiera tenido el leñador, pero con decir que casi todos eran gemelos, nada hay que extrañar.

Muy pobre era el matrimonio y sus siete hijos aumentaban su pobreza, pues ninguno de ellos se hallaba en edad de ganarse la subsistencia. Como el más pequeño era de complexión muy delicada, sin que jamás pronunciase palabra, daba pábulo a su tristeza, pues creían que era tontería lo que en realidad era bondad. Era muy pequeñito, y cuando nació era tan diminuto como el dedo pulgar, lo que hizo que se le llamara Pulgarcito.

El pobre niño llevaba la carga en la casa paterna y de todo se le echaba la culpa, lo que no era obstáculo para que fuese el más listo de los hermanos; y si hablaba poco, en cambio oía y escuchaba mucho.

En esto vino un año muy duro, y tan grande fue el hambre, que el pobre matrimonio resolvió deshacerse de sus hijos. Una noche que los niños estaban acostados, sentado el leñador cerca de su mujer al amor de la lumbre, le dijo con el corazón oprimido por el dolor:

---

[52] «Meñiquín», de meñique, en la traducción de Baró.

—¡Ya lo ves! No nos es posible mantener a nuestros hijos, y como no puedo resignarme a verlos morir de hambre aquí, estoy decidido a llevarles mañana al bosque para que se extravíen. Eso podremos hacerlo fácilmente, pues mientras estén ocupados en recoger leña, lograremos escapar sin que de momento noten nuestra ausencia.

—¡Dios mío! —exclamó la leñadora—, ¿serías capaz de hacer tal cosa con tus hijos?

En vano su esposo le recordó su extremada miseria, pues de pronto no hubo medio de convencerla porque, aunque era pobre, era madre. Pero después de reflexionar lo horrible que sería su dolor si les viese morir de hambre, consintió en lo que su marido le proponía y fue a acostarse, llorando.

Pulgarcito se enteró de cuanto sus padres dijeron, pues en cuanto les oyó desde la cama hablar de cosas importantes, se levantó y se deslizó bajo el taburete donde estaban sentados, para escucharles sin que lo vieran. Volvió a meterse en la cama, pero no pudo dormir en toda la noche pensando en lo que debía hacer. Se levantó muy de mañana, fue a orillas de un arroyo, se llenó los bolsillos de piedrecitas blancas y luego volvió a su casa. Poco después salieron todos, pero Pulgarcito no le dijo a sus hermanos nada de lo que sabía.

Fueron a un bosque tan espeso, que nada se veía a diez pasos de distancia. El leñador se puso a cortar madera y sus hijos a recoger ramaje seco para hacer gavillas. Cuando sus padres les vieron ocupados trabajando,

se alejaron de ellos sin que lo notaran y luego echaron a correr por un sendero medio oculto.

Al notar los niños que estaban solos, comenzaron a gritar y a sollozar con todas sus fuerzas. Pulgarcito les dejaba gritar porque sabía cómo regresarían a su casa, pues al ir al bosque había ido dejando caer por todo el camino las piedrecitas blancas que tenía en el bolsillo.

—Nada temáis, hermanos míos —les dijo—. Nuestros padres nos han dejado aquí, pero yo os llevaré a casa si queréis seguirme.

Echaron a andar tras él y les llevó delante de la casa siguiendo el mismo camino que habían recorrido para ir al bosque. Al principio no se atrevieron a entrar, pero todos pegaron sus cabecitas a la puerta para oír lo que decían sus padres.

Al llegar el leñador y la leñadora a su casa, el señor de la aldea les envió diez monedas que les debía de hacía mucho tiempo y con las cuales ya no contaban. La cantidad les devolvió la vida, pues los infelices se morían de hambre. El leñador mandó inmediatamente a su mujer a la carnicería y, como hacía días no habían comido, compró tres veces más carne de la necesaria para la cena de dos personas. En cuanto estuvieron ahítos, la leñadora dijo:

—¡Dios mío! ¿Dónde estarán nuestros hijos? ¡Con qué apetito comerían lo que ha sobrado! Tú eres quien ha querido perderlos, Guillermo, a pesar de decirte que nos arrepentiríamos. ¡Virgen santa! ¡Tal vez los lobos se los hayan comido! ¡Qué cruel has sido al querer deshacerte de tus hijos!

El leñador acabó por enfadarse, pues su mujer repitió más de veinte veces que ya había pronosticado que se arrepentirían de lo hecho, y amenazó con pegarla si no callaba. Era tan grande el sentimiento del leñador como el de su esposa, pero su pena aumentaba con las recriminaciones. Además, le gustaban las mujeres, como a tantos otros, que dan un buen consejo a tiempo, pero no aquellas que pretenden haberlo dado cuando la cosa ya no tiene remedio.

La leñadora estaba anegada en llanto y repetía, «¡Dios mío! ¿Dónde están mis pobres hijos?»

Una vez pronunció con tanta fuerza estas palabras, que las oyeron los niños que estaban arrimaditos a la puerta, y comenzaron a gritar todos a coro:

—¡Estamos aquí! ¡Estamos aquí!

La madre corrió a abrir y les dijo al abrazarles:

—¡Hijos míos; con cuánta alegría vuelvo a veros! Estáis muy cansados y tenéis hambre. ¡Cómo te has puesto de barro, Periquito! Voy a quitártelo.

Periquito[53] era el mayor y el más querido, porque como ella tenía el color del pelo algo rojizo.

Se pusieron a la mesa, y con tanto apetito comieron, que gozosos los estuvieron mirando sus padres. Mientras tanto, los niños, que hablaban casi siempre todos a la vez, les contaban el miedo atroz que habían pasado en el bosque; y los pobres leñadores estaban locos de alegría al verles a su lado. Alegría que duró tanto como

---

[53] *Pierrot* (Pedrito) en el original de Perrault.

las diez monedas; pero cuando se acabó el dinero, se acabó el gozo y volvió a apoderarse de ellos la tristeza de antes y decidieron deshacerse de sus hijos, aunque con la idea de llevarles más lejos que la primera vez para acertar ahora.

No lograron hablar de su plan con tanto sigilo que no les oyera Pulgarcito, quien decidió tomar sus medidas como antes las había tomado; pero a pesar de haber madrugado mucho para ir a recoger piedrecitas blancas, no pudo realizar su idea porque la puerta estaba cerrada con doble vuelta de llave. Preocupado estaba sin saber qué hacer; pero como su padre les había dado un pedazo de pan a cada uno para desayunar, se dijo que podía reemplazar las piedrecitas tirando migas por donde pasasen; y pensado esto, se guardó el pan en el bolsillo.

Sus padres les llevaron al punto más espeso y oscuro del bosque; y al tenerles allí, los leñadores se escaparon por un caminito muy oculto. No fue grande la pena de Pulgarcito, porque creía poder encontrar con facilidad el camino siguiendo las migas que había sembrado por donde había pasado. Pero muy desagradable fue su sorpresa cuando no pudo dar ni siquiera con alguna miga del pan, porque los pájaros se las habían comido.

Estaban los niños llenos de aflicción, pues cuanto más andaban, más se extraviaban por el interior del bosque. Llegó la noche y sopló un ventarrón que les llenó de miedo, porque creían que sus rugidos eran los de los lobos que se encaminaban hacia donde estaban ellos para devorarles. Tanto era su espanto que ni se atrevían a hablar ni a volver la cabeza. Para colmo de males cayó un chaparrón que les caló hasta los huesos. A cada paso resbalaban y se metían en el barro, de donde se levantaban muy sucios y sin saber qué hacer con las manos.

Pulgarcito se encaramó a lo alto de un árbol, deseoso de examinar los alrededores. Miró a todas partes y vio muy lejos, más allá del bosque, una lucecita semejante a la de una vela. Bajó del árbol, y al llegar al suelo ya no la vio, lo que le llenó de pena. Siguieron andando a pesar de todo, y Pulgarcito intentaba orientarse y guiar a sus hermanos hacia el punto donde había visto la luz. Al cabo de algún tiempo salieron del bosque y volvió a verla.

Llegaron, por último, a la casa donde brillaba la lucecita, no sin haber pasado mucho miedo, pues la perdían de vista cada vez que se metían en alguna hondonada. Llamaron; una buena mujer les abrió la puerta y les preguntó qué querían. Pulgarcito le contestó que eran unos pobrecitos niños que se habían extraviado en el bosque y le rogaban que les acogiese por caridad. Al verlos tan bonitos, la mujer se puso a llorar y les dijo:

—¡Ay, pobres niños, dónde habéis ido a parar! ¿No sabéis que esta es la casa de un ogro que se come a los niños?

Al oír estas palabras, Pulgarcito, que igual que sus hermanos se había puesto a temblar como hoja de árbol, exclamó:

—¡Dios mío! ¿Qué vamos a hacer? Si no queréis darnos acogida en vuestra casa, seguro que los lobos del bosque nos comerán... Como no escaparíamos de sus

dientes, preferimos que nos coma el ogro, que tal vez se compadezca de nosotros si vos se lo rogáis.

La mujer del ogro creyó que podría ocultarles de su esposo hasta la mañana siguiente, les permitió entrar y los llevó para que se calentaran a una buena lumbre en la que se estaba asando un carnero para la cena del ogro.

Cuando empezaban a calentarse, resonaron tres o cuatro golpes dados con fuerza en la puerta. Era el ogro, que volvía. Inmediatamente, su mujer hizo que los niños se ocultasen debajo de la cama y fue a abrir la puerta. Lo primero que preguntó el ogro fue si la cena estaba dispuesta y si había vino, y luego se sentó a la mesa. El carnero estaba a medio asar, pero esta circunstancia lo hizo aún más apetitoso para el ogro. Olía a derecha e izquierda y decía que por allí había carne fresca.

—Lo que hueles es esa ternera que he preparado —le dijo su mujer.

—Huelo carne fresca, huelo carne fresca —repitió el ogro, que miraba de través a su esposa—; y en casa hay algo que no veo.

Al decir estas palabras, se levantó de la mesa y se fue hacia la cama.

—¡Ah! —exclamó—, ¡querías engañarme, mujer maldita! No sé por qué no te como a ti también, pero te salva el estar tan dura. Tengo en estos niños carne fresca para obsequiar a tres ogros amigos míos, que deben venir a verme uno de estos días.

Los sacó debajo de la cama uno tras otro, y las pobres criaturas se arrodillaron pidiéndole clemencia; pero tenían que habérselas con el más cruel de los ogros que, lejos de sentir piedad por ellos, ya los estaba devorando con los ojos y le decía a su mujer que serían un plato exquisito cuando los hubiese aderezado con una buena salsa.

Fue en busca de un buen cuchillo y se acercó otra vez a los niños mientras lo afilaba con una larga piedra que sostenía en la mano izquierda. Tenía ya asido un niño cuando su mujer le dijo.

—¿Qué quieres hacer a esta hora? ¿No habrá tiempo mañana?

—Cállate —gritó el ogro—; si espero a mañana, peor para ellos, porque pasarán una noche de miedo.

—Se te echaría a perder tanta carne —replicó la mujer—, pues tienes una ternera, dos carneros y la mitad de un cerdo.

—Es verdad —dijo el ogro—; dales cena abundante para que no enflaquezcan y llévalos a la cama.

La buena mujer les dio de cenar llena de alegría, pero el espanto no permitió que los niños probasen bocado. El ogro se puso de nuevo a beber y, muy satisfecho porque tenía carne fresca con que obsequiar sus amigos, apuró una docena de vasos más que de costumbre, lo que le puso algo alegre y lo obligó a acostarse.

El ogro tenía siete hijas de corta edad, siete ogritas que tenían el color muy sano porque sólo comían carne fresca, como su padre; pero sus ojos eran grises y redondos, la nariz encorvada, la boca grande y los dientes muy agudos y separados. Todavía no era muy malas,

pero prometían serlo porque ya mordían a los niños para chupar su sangre.

Las habían acostado temprano y las siete dormían en una cama muy ancha. Cada una de ellas tenía una corona de oro en la cabeza. Había en el mismo cuarto otra cama tan grande como la primera, y en ella acostó la mujer del ogro a los niños; después de eso se fue a dormir.

Pulgarcito se había dado cuenta de que las hijas del ogro llevaban coronas de oro y, como temía que el padre se arrepintiese de no haberles degollado cuando se proponía hacerlo, se levantó a eso de la media noche. Tomó los gorros de dormir de sus hermanos y el suyo, se acercó de puntillas a la otra cama, les puso con sumo cuidado los gorros a las siete hijas del ogro después de haberles quitado las coronas de oro. Luego las colocó en la cabeza de sus hermanos y de la suya para que el ogro les tomara por sus hijas, y a estas por los niños a quienes quería degollar. El resultado fue tal como había pensado, pues el ogro despertó a eso de media noche, arrepentido de haber aplazado para el día siguiente lo que pudo hacer la víspera. Saltó bruscamente de la cama, empuño un gran cuchillo y se dijo: «Vamos a ver cómo están aquellos chiquillos, y demos buena cuenta de ellos».

Subió a tientas al dormitorio de sus hijas y se acercó a la cama donde estaban los niños, que dormían todos menos Pulgarcito que, por cierto, tuvo mucho miedo cuando el ogro le tocó la cabeza después de haber hecho lo mismo con las de sus hermanos. Al tocar las coronas de oro, se dijo el ogro:

—Iba a hacer un disparate. Me convenzo de que ayer bebí demasiado.

Fue enseguida a la otra cama, y al tocar los gorros de dormir de los niños, murmuró:

—¡Ja! ¡Ja! ¡Ja! Aquí están los chiquillos. ¡Manos a la obra!

Al decir estas palabras degolló sin vacilar a sus siete hijas y, muy satisfecho, volvió luego a acostarse.

—En cuanto Pulgarcito oyó los ronquidos del ogro, despertó a sus hermanos y les dijo que se vistieran sin perder ni un momento y le siguieran. Bajaron sin hacer ruido al jardín y saltaron la tapia. Corrieron toda la noche, siempre temblando y sin saber a dónde iban.

Al despertar el ogro, le dijo a su mujer:

—Ve a arreglar a los chiquillos de ayer noche.

Mucho sorprendió a la ogra la bondad de su marido, sin sospechar de qué manera quería que arreglase a los niños. Creyó de buena fe que se trataba de vestirles y fue al cuarto, donde vio a sus siete hijas degolladas y rodeadas de un mar de sangre. Ante tal espectáculo, cayó sin sentido. En vista de su tardanza, subió el ogro para enterarse de lo que ocurría. Su asombro no fue menor que el de la esposa al encontrarse ante un espectáculo tan horroroso.

—¿Qué he hecho?, ¿qué he hecho? —rugía—. ¡Me las pagarán!, ¡me las pagarán esos malditos!

Roció con agua la cara de su mujer, que recobró el sentido, y le dijo:

—Dame mis botas de siete leguas para que pueda atraparles.

Salió de la casa y, después de haber corrido mucho y en todas direcciones en busca de los niños, por último tomó por un camino que era el que seguían los hijos del leñador, que sólo estaban a unos cien pasos de la casa de sus padres. Vieron al ogro, que pasaba de una montaña a otra y atravesaba los ríos con tanta facilidad como si hubieran sido arroyos. Pulgarcito notó que cerca había una roca cóncava, como una cueva. Ocultó en ella a sus hermanos y luego se metió dentro él también, pero siempre con la mirada fija en el ogro para no perderse ninguno de sus movimientos. El ogro estaba muy cansado a causa del mucho camino que había andado inútilmente, pues hay que saber que las botas de siete leguas fatigan de una manera extraordinaria a los que las llevan. Quiso el ogro descansar, y se sentó por casualidad en la misma roca donde estaban escondidos los siete niños.

Su fatiga era grandísima y al poco rato se durmió. Roncó con tanto estrépito que el miedo de las pobres criaturas fue tan grande como cuando empuñaba el espantoso cuchillo para matarlos. Pulgarcito no tuvo tanto miedo y le dijo a sus hermanos que huyesen rápidamente y se refugiaran en su casa mientras el ogro dormía a pierna suelta.

Siguieron su consejo y enseguida estuvieron al lado de sus padres.

Pulgarcito se acercó al ogro, le quitó con suavidad las botas y se las puso. Las botas eran muy grandes y tremendamente anchas, pero, como estaban encantadas, tenían el don de ensancharse o estrecharse según quien las llevase, de manera que quedaron tan ajustadas a sus piernas y a sus pies como si se hubieran hecho para él. Cuando tuvo las botas puestas, fue a la corte, donde sabía que había mucha inquietud porque no se tenían noticias de un ejército que estaba a doscientas leguas ni de la batalla que se había dado. Fue en busca del rey y le dijo que si quería le traería nuevas del ejército antes de terminar el día. El rey le prometió una fuerte cantidad de dinero si hacía lo que prometía. Pulgarcito cumplió, pues aquella misma noche volvió a la corte y el rey supo cuanto quiso saber de su ejército. Como había desempeñado de una manera tan admirable su oficio de correo, ganó todo el dinero que quiso, pues el rey le pagó con esplendidez para que llevase sus órdenes al ejército. Todos los de la corte que desearon tener noticias de personas ausentes se sirvieron de él y lo recompensaron con largueza[54].

Después de haber servido durante algún tiempo de correo y de haber reunido mucho dinero, volvió a casa de sus padres, cuya alegría al verle no puede describirse. Pulgarcito cuidó de que toda la familia viviese con holgura; consiguió buenos trabajos a su padre y a sus hermanos, de modo que la miseria desapareció por completo de aquella casa y en ella reinó la dicha, gracias a aquel niño que antes era el más desdeñado.

---

[54]   Esta última frase está transformada en la traducción de Baró. El original dice: «Una infinidad de damas le daban todo lo que quisiera por tener noticias de sus amantes, y en ello estuvo su mayor ganancia. Se encontraba con algunas mujeres que le encargaban cartas para sus maridos, pero le pagaban tan mal y era tan poca cosa, que ni se dignaba llevar la cuenta de lo que ganaba por ese lado».

Moraleja

La miseria no os abata
ni os amilanen las penas,
que los días buenos vienen
tras los días de tristeza.
Para dejar de este cuento
completa la moraleja,
os diré que Pulgarcito
objeto fue de la befa
de todos, porque callado
y muy raquítico era;
y con serlo, a su familia
libró de extrema miseria
salvando a sus hermanitos
del ogro, de aquella fiera.
De nadie os moféis, de nadie,
que muchas veces alienta
un raquítico cuerpo
un alma grande y bella.

PIEL DE ASNO

Érase una vez un rey que era el más poderoso de la tierra, tan amable en la paz como terrible en la guerra. Sus vecinos lo respetaban y temían. Reinaba la mayor tranquilidad en sus Estados, cuya prosperidad nada dejaba que desear, pues con las virtudes de los ciudadanos brillaban las artes, la industria y el comercio. Su esposa era tan cariñosa y encantadora, y tantos atractivos tenía su ingenio, que si el rey era dichoso como soberano, más lo era como marido. Tenían una hija, y como era muy virtuosa y bella, se consolaban de no haber tenido más hijos.

Su palacio era muy grande y magnífico. En todas partes había cortesanos y criados. Las cuadras estaban llenas de magníficos caballos y de bonitas jacas cubiertas de hermosas gualdrapas bordadas de oro. Pero no eran los caballos los que atraían las miradas de los que visitaban aquel sitio, sino un señor asno, que, situado en el punto mejor y más vistoso de la cuadra, erguía con altivez sus largas orejas. Bien merecía este asno la reverencia, pues tenía el privilegio de que lo que comía salía transformado en relucientes monedas de oro, que se recogían todas las mañanas al despertar el asno[55].

---

[55] Otro animal mágico que brinda riqueza en forma de monedas —o huevos— de oro.

Ensombreció la felicidad de los regios esposos una aguda enfermedad que sufría la reina, que se fue agravando a pesar de haber solicitado todos los auxilios de la ciencia y de haber llamado a todos los médicos. Comprendió la enferma que se aproximaba su última hora, y dijo al rey:

—Antes de morir quiero hacerte una súplica. Si cuando haya dejado de existir quieres volver a casarte...

—¡Jamás! ¡Jamás! —exclamó el rey, sollozando.

—Tal es tu propósito en este instante y me lo hace creer el amor que siempre te he inspirado, pero para que la seguridad sea mayor quiero que me jures que no has de volver a casarte a menos que halles una mujer que me supere en belleza y en prudencia, que será la única a quien podrás hacer tu esposa.

El rey lo juró con los ojos llenos de lágrimas, y poco después la reina exhaló en sus brazos el último suspiro, para gran desesperación de su esposo. El dolor trastornó algo su razón, y a los pocos meses dio en mandar comparecer a su presencia a todas las jóvenes de la corte, después a las de la ciudad y luego a las del campo, diciendo que se casaría con la que fuera más bella que la reina difunta. Pero como ninguna podía compararse con ella, a todas rechazaba. El rey acabó por dar evidentes muestras de locura, y cierto día declaró que la infanta, que realmente era más bella que su madre, sería su esposa. Los cortesanos le hicieron recordar que tal boda era imposible, porque la infanta era hija suya, pero como es difícil hacer entrar en razón

a un loco, el rey vociferó que querían engañarle pues él no tenía hijas.

La pobre princesita, al saber lo que ocurría, fue llorosa a encontrarse con su madrina, que era la más poderosa de las hadas. La madrina exclamó al verla:

—Sé lo que te trae a mi casa. Como tu padre ha perdido la razón, desgraciadamente, no conviene que lo contraríes abiertamente. Dile que antes de acceder a ser su esposa quieres un vestido del color del cielo, y no podrá dártelo.

Siguió la princesa el consejo del hada, y el rey llamó a todas las modistas y les dijo que las ahorcaría si no hacían un vestido del color del cielo. Impulsadas por el miedo pusieron manos a la obra, a los dos días tenía el vestido la infanta, que, con lágrimas en los ojos, se vio obligada a reconocer que su deseo había quedado satisfecho. Su madrina, que estaba en palacio, le dijo en voz baja:

—Pide un vestido más brillante que la luna, y no podrá dártelo[56].

Apenas hizo la demanda la princesa, el rey mandó llamar al que estaba encargado de los bordados de palacio y le dijo:

—Dentro de cuatro días quiero un vestido más brillante que la luna.

---

[56] Reiteración de la petición, a menudo son tres veces, quizá por el alto poder simbólico del número tres, o porque encanta a los niños, como un mantra.

En el plazo señalado, la infanta tuvo un vestido que eclipsaba el brillo de la luna. Al verlo, la madrina murmuró al oído de su ahijada:

—Pide un vestido más brillante que el sol, y no podrá dártelo.

El rey mandó llamar a un rico diamantista y le dio la orden de hacer un vestido de brocado y piedras preciosas, amenazando con mandar que le cortaran la cabeza si no lograba satisfacer sus deseos. Antes de terminar la semana, la infanta tuvo el vestido y al verlo fue grande su desesperación, porque era más brillante que el astro del día. Entonces le dijo su madrina:

—Mientras posea el asno que constantemente llena su bolsa de escudos de oro, podrá satisfacer todos tus deseos. Pídele la piel del asno, pero como sus recursos principales están en tan raro animal, no te lo dará.

Hizo la infanta lo que el hada le aconsejaba, y sin vacilar el rey mandó que matasen al asno, lo despellejaran y llevaran la piel a la joven, que se quedó muy abatida pues ya no sabía qué pedir. Su madrina la animó recordándola que nada hay que temer cuando se obra bien, y luego le dijo que sola y disfrazada huyese a algún reino lejano.

—Aquí tienes —añadió—, una caja donde pondremos todos tus vestidos, tus adornos, tu espejo, los diamantes y los rubíes. Te doy mi varita y, con sólo que la lleves en la mano, la caja te seguirá siempre oculta bajo tierra; cuando quieras abrirla, toca el suelo con la varita e inmediatamente aparecerá la caja. Para que nadie te reconozca, cúbrete con la piel del asno y nadie

creerá que bajo un disfraz tan horroroso se oculte una hermosa princesa.

Siguió la princesa las indicaciones de su madrina y se alejó del reino de su padre. En cuanto el rey notó su ausencia, envió mensajeros en su busca y todo lo revolvió, pero sin poder averiguar qué había sido de ella. La infanta, mientras tanto, continuaba su camino, pedía limosna a cuantos encontraba y se detenía en todas las casas para preguntar si necesitaban una criada. Pero tan horroroso era su aspecto, que no hubo quien quisiera tomarla a su servicio. Y siguió andando, andando, y fue lejos, muy lejos; y por último llegó a una alquería cuyo dueño necesitaba una criada para fregar, barrer y limpiar la porqueriza. Relegada a un rincón de la cocina, los criados se burlaban de ella, procuraban contrariarla y molestarla, y era blanco de sus groseras burlas.

Los domingos podía descansar, pues en cuanto había terminado sus quehaceres más indispensables entraba en el tugurio que le habían destinado; y, una vez cerrada la puerta, se quitaba el pellejo de asno, se peinaba, se adornaba con sus joyas y se ponía unas veces el vestido de luna, otras el de sol o el de cielo, aunque el espacio era demasiado reducido para la holgada cola de tales trajes. Se miraba ante el espejo y era mucha su alegría al verse joven, blanca, sonrosada y más bella que las demás mujeres. Estos momentos de júbilo le daban aliento para sufrir todas las contrariedades de los otros días y esperar al próximo domingo.

Olvidé decir que en la alquería donde había hallado colocación la infanta tenía su corral un rey muy poderoso; y que allí se criaban las aves más raras y los animales más preciosos, que ocupaban diez grandes patios. El hijo del rey iba con frecuencia a la alquería al regresar de la caza, y allí descansaba con sus acompañantes tomando algún refresco. El príncipe era muy gallardo y bello, y, al verle Piel de Asno desde lejos, supo por los latidos de su pecho que bajo sus harapos aún latía el corazón de una princesa. Sin poder evitarlo se decía: «Sus maneras son nobles, su rostro, hermoso; simpático su aspecto. ¡Dichosa la mujer que logre merecer su amor! Si él me hubiese regalado un vestido, sería para mí más rico que el de sol y el de luna».

Un día se detuvo el príncipe en la alquería; recorrió los patios para examinar las aves y los animales; llegó delante del mísero aposento donde vivía Piel de Asno, y por casualidad se le ocurrió mirar por el ojo de la cerradura. Como era domingo, vio a la criada vestida de oro y diamantes, más hermosa que el sol. El príncipe la contempló deslumbrado, sin poder contener los latidos de su corazón. Por más que le admirara el vestido que llevaba, más le admiró su belleza. El blanco y sonrosado color de su tez, los soberbios perfiles de su cara y su espléndida juventud, unido todo a cierto aire de grandeza realzada por la modestia, que era espejo del alma, enloquecieron de amor al príncipe.

Tres veces levantó el brazo para derribar la puerta, pero otras tantas lo contuvo el temor de hallarse delante de un hada. Se retiró a su palacio, pensativo. Suspiró desde entonces noche y día, huyó de todas las diversiones, incluso la de la caza, y perdió el apetito. Preguntó quién era aquella admirable belleza que vivía en el

fondo de un corral, al extremo de un espantoso callejón, en el que la oscuridad era completa en pleno día. Se le contestó que se la llamaba Piel de Asno, por la piel que llevaba en el cuello; dijeron que no había nada como mirarla para sentirse curado de amor, pues era más fea que la más horrible fiera.

Por más que le dijeron, no quiso creerles, pues guardaba grabada en su corazón la imagen de la infanta. La reina, que no tenía otro hijo, lloraba sin cesar al verlo languidecer. En vano le preguntó en qué consistía su enfermedad, pues el príncipe permaneció mudo, y lo único que pudo lograr fue que le dijera que deseaba comer una empanada hecha por Piel de Asno. No supo la reina a quién se refería su hijo; lo preguntó y le contestaron:

—¡Cielo santo! Piel de asno es, señora, como un topo renegrido, más asqueroso que el más sucio pinche de cocina.

—No importa —exclamó la reina—; puesto que el príncipe quiere una empanada hecha por ella, hay que darle gusto.

La madre amaba extraordinariamente a su hijo, y si le hubiese pedido la luna, habría intentado dársela.

Piel de Asno tomó harina, que había cernido para que fuese más fina, sal, manteca y huevos frescos, y se encerró en su habitación. Se limpió el rostro, las manos y los brazos; se puso un delantal de plata y dio comienzo a su tarea. Se cuenta que, mientras trabajaba, fuese casualidad o no lo fuese, se le cayó del dedo uno de sus anillos de gran valor, lo que parece indicar que sabía que el príncipe la había estado mirando por el agujero de la cerradura y que estaba enamorado de ella. Fuese lo que fuese, el hijo del rey comió con mucho apetito la empanada, que le pareció exquisita, y por poco se traga el anillo. Afortunadamente, se fijó en él. Admiró la esmeralda, que era preciosa, y en especial el fino aro de oro, que marcaba la forma del dedo de su dueña.

Lleno de alegría guardó la sortija, de la que no volvió a separarse. Pero su mal fue en aumento, y consultados los médicos dijeron que estaba enfermo de amor. Resolvieron sus padres casarle, y el príncipe les contestó:

—Sólo me casaré con la joven a cuyo dedo se ajuste este anillo[57].

Grande fue la sorpresa del rey y de la reina al oír tan extraña exigencia, pero como el estado del príncipe era muy grave, no se atrevieron a contrariarle. Inmediatamente anunciaron que se casaría con el príncipe la joven, aunque no fuese de sangre real, cuyo dedo entrara en el anillo. Todas se dispusieron a hacer la prueba, y hubo charlatanes que prometieron adelgazar los dedos, proponiéndose ganar algunas monedas, como aquellos que, no teniendo ningún oficio ni sabiendo cómo vivir de su trabajo, se meten a curanderos para convertir en comida la lana que le trasquilan al prójimo. Una joven hubo que rascó su dedo con un cuchillo; otra consintió en que cortaran carne del suyo para adelgazarlo, y no faltó quien lo tuviera muchas horas comprimido,

---

[57] En *Cenicienta* es un zapatito de cristal, pero el símbolo es el mismo.

ni tampoco quien lo sometiera al efecto de cierto líquido para que se lo dejara despellejado.

Se dio inicio a la prueba, empezando por las princesas, a las que siguieron las duquesas, condesas, marquesas y baronesas, pero el anillo era demasiado estrecho para cuantos dedos se presentaron. Comparecieron las demás jóvenes, mas todos los intentos resultaron inútiles. Les llegó el turno a las criadas y a las fregonas, pero el anillo se quedó sin colocación. Creyeron que el príncipe moriría de pena, pues sólo faltaba Piel de Asno y a ninguna persona sensata podía ocurrírsele que la porqueriza estuviese destinada a ser reina.

—¿Por qué no? —exclamó el príncipe.

Todos sonrieron, pero el príncipe añadió:

—Entra, Piel de Asno, hagamos la prueba.

Introducida la criada a presencia de la corte, sacó de debajo de la asquerosa piel una manecita de marfil suavemente sonrosada; hicieron la prueba, y el anillo se ajustó a su dedo de tal manera que los cortesanos no acertaban a volver de su asombro. Le dijeron que debía presentarse ante el rey y le aconsejaron, con sonrisa de mofa en los labios, que se pusiera otro vestido menos sucio. Piel de Asno fue a cambiarse de vestido, y cuando volvió a comparecer ante la corte, las burlonas risas se convirtieron en exclamaciones de admiración, porque nadie recordaba haber visto una belleza semejante, realzada por sus ojos azules, rasgados y de mirada dulce, pero llena de majestad. Sus rubios cabellos recordaban los rayos del sol; su talle la esbeltez de la palmera; sus diamantes deslumbraban y su traje era tan rico que no admitía comparación. Todos aplaudieron, en especial las señoras, y el rey estaba loco de contento al ver a la novia de su hijo. Si loco estaba el rey, no sabemos qué decir de la reina y, sobre todo, del enamorado príncipe.

Inmediatamente se dieron las órdenes para que se celebrara la boda. El rey convidó a todos los monarcas vecinos, que salieron de sus reinos montados unos en grandes elefantes, otros a caballo de corceles enjaezados con arneses de oro y plata, y hubo otros que se embarcaron en naves que tenían velas de púrpura. Pero aunque todos los príncipes rivalizaron en lujo para evidenciar su poderío, ninguno igualó al padre de la joven desposada, que ya había recobrado la razón. Grande fue su sorpresa y mayor su alegría al encontrar a su hija, a quien abrazó llorando de júbilo; y tanto como su sorpresa fue el contento del príncipe al saber quién era su novia. En aquel instante apareció la madrina, que contó todo lo ocurrido, y luego se celebraron las bodas y todos fueron dichosos.

Moraleja

A veces a rudas penas
el hombre se halla sujeto,
mas todas puede vencerlas
si de ello hay firme deseo.
Los sufrimientos abaten,
mas con voluntad de hierro
también logran dominarse
los más crueles sufrimientos;
y si acaso en este mundo
no encontramos el consuelo,
seamos firmes en la lucha,
nunca jamás desmayemos,
que lo que niegue la tierra
lo hallaremos en el cielo.

LOS DESEOS RIDÍCULOS

Érase un pobre leñador, que tan cansado de su vida estaba que, según se cuenta, tenía deseos de morirse porque no se vio complacido en ninguno de los deseos agradables que había alimentado. Cierto día fue al bosque y, como era su costumbre, comenzó a quejarse de su suerte, cuando se le apareció Júpiter con el rayo en la mano. Muy grande fue el espanto del leñador, que arrojándose al suelo, murmuró:

—Nada quiero; nada deseo.

—No temas —le dijo Júpiter—. Tantas son tus quejas que quiero convencerte de su falta de fundamento. No olvides mis palabras: verás realizados tus tres primeros deseos, sea lo que sea lo que desees. Elige lo que pueda hacerte dichoso y te deje completamente satisfecho. Como tu felicidad de ti depende, reflexiona bien antes de formular tus deseos.

Pronunciadas estas palabras, Júpiter desapareció. El leñador, loco de contento, se echó al hombro el gran haz de leña, que no le pareció pesado, y en alas de la alegría, volvió a su casa mientras se decía:

—He de reflexionar mucho antes de tener un deseo. El caso es importante y quiero tomar consejo de mi mujer.

Entró en su cabaña gritando:

—¡Mujercita mía, enciende una buena lumbre y prepara abundante cena pues somos ricos, pero muy ricos, y tanta es nuestra dicha que todos nuestros deseos se verán realizados!

Al oír estas palabras, la leñadora comenzó a hacer castillos en el aire, pero luego dijo a su marido:

—Tengamos cuidado de que nuestra impaciencia nos perjudique. Procedamos con calma y después de pensarlo bien lo consultaremos con la almohada, que es buena consejera.

—Lo mismo opino; pero no perdamos la cena y tráete vino.

Cenaron, bebieron, y se sentaron luego al amor de la lumbre. El leñador exclamó, apoyándose con fuerza en el respaldo de su silla:

—¡Ajajá! Con este fuego nos hace falta una vara de salchicha. ¡Cuánto me gustaría tener una al alcance de la mano!

Apenas hubo pronunciado estas palabras, su mujer vio con gran sorpresa una salchicha muy larga, que, arrancando de uno de los ángulos de la chimenea, se dirigió hacia ella serpenteando. Lanzó un grito de espanto, pero cayó luego en la cuenta de que la aparición se debía al ridículo deseo formulado por su marido, y la emprendió con él hasta agotar los insultos.

—Habríamos podido tener oro, perlas, diamantes, vestidos excelentes —añadió—, ¡y eres tan necio que te se ha ocurrido desear una cosa así!

—Cállate, mujer; reconozco mi falta y procuraré enmendarla.

—A buenas horas, calzas verdes; hace falta ser muy imbécil para hacer lo que has hecho.

Tanta fue la insistencia de la mujer, que el bueno del hombre perdió la calma, y como a pesar de sus súplicas ella no dejara de fastidiarle, exclamó furioso:

—¡Maldita salchicha que te ha desatado la lengua, así te colgara de la nariz para que callaras!

Dicho y hecho, y la salchicha quedó colgada de la nariz de la esposa del leñador.

Realizado el deseo, se quedó ella muda de asombro y él con la boca abierta y rascándose el cogote. Se restableció el silencio, hasta que por último la mujer, que había perdido los bríos y no apartaba la mirada de la salchicha, murmuró:

—¿Y bien?

—Sólo falta formular el tercer deseo. Puedo transformarme en rey, pero ¿qué reina vas a ser tú con tres palmos de nariz? Elige, mujer: o reina con esa nariz más larga que una semana sin pan, o leñadora con una nariz como la que tenías.

Mucho discurrieron antes de resolver, pero como su mirada no podía apartarse de la salchicha y a cada gesto se movía como una rama a impulsos del huracán, prefirió la leñadora quedarse sin trono a tener unas narices así. Formulado el deseo por el leñador, su mujer volvió a quedar como estaba antes, lo que no fue obstáculo para que se llevase la mano a la cara para convencerse de que la salchicha había desaparecido.

El leñador no cambió de posición, no se convirtió en un gran potentado, no llenó de escudos su bolsa y se creyó muy dichoso por haber empleado el último de los tres deseos en devolver a su esposa las narices que antes tenía.

Moraleja

¡Cuántos son los que con voces
llenan los cielos y tierra
y sin cesar de sus labios
se desprenden duras quejas!

¡Cuán dichoso sería yo
—van diciendo—, si pudiera
hacer esto, o bien aquello!
«¡Hazlo!», la suerte les contesta,
y en vez de crecer su dicha,
crecen a veces sus penas:
Que sólo es dichoso el hombre
que con poco se contenta,
a su suerte se acomoda
y delirios no alimenta.

LA PRINCESA HABILIDOSA
O
LAS AVENTURAS DE FINETA

En la época de las primeras cruzadas, un rey de algún país de Europa se decidió a ir a presentar guerra contra los infieles en Palestina. Antes de emprender un viaje tan largo, dispuso el rey de tan buena manera los asuntos de su reinado, y le confió la regencia a un ministro tan hábil, que pudo descansar por ese lado. Lo que más inquietaba a este rey era el cuidado de su familia. Hacía muy poco tiempo que había perdido a su esposa, la reina, que no le había dado hijos, pero él se veía padre de tres princesitas que casar. Llamaban *Indolente* a la mayor de estas princesas, a la segunda *Charlatana,* y a la tercera *Fineta,* ya que todos esos apodos tenían justa relación con los caracteres de estas tres hermanas.

No se habrá visto jamás nada más apático que Indolente. Ningún día se despertaba antes de la una de la tarde: la llevaban a rastras a la iglesia tal como salía de su lecho, con los cabellos desordenados y sus vestidos revueltos; no entraba en cintura, y a menudo era terca como una mula.

Charlatana llevaba otra clase de vida. Esta princesa era bastante despierta y empleaba muy poco tiempo en su persona; pero tenía unas ganas tan extrañas de hablar, que no cerraba la boca desde que se levantaba hasta que se dormía.

La hermana menor de estas dos princesas tenía un carácter muy diferente. Se ocupaba constantemente del espíritu y de su persona; poseía una viveza sorprendente y se esforzaba en hacer buen uso de ella. Sabía bailar, cantar y tocar instrumentos perfectamente bien; con una destreza admirable salía con bien en todos los pequeños trabajos manuales que de ordinario entretienen a las personas de su sexo; ordenaba y organizaba la casa del rey.

Sus talentos no se limitaban a eso: tenía un juicio muy claro y una presencia de espíritu tan maravillosa, que sabía encontrar en el momento los medios para resolver toda clase de asuntos.

La princesa dio en varias ocasiones distintas muestras de su perspicacia y de la finura de su espíritu; y tantas dio, que el pueblo le puso el apodo de Fineta[58]. El rey la quería mucho más que a sus otras hijas, y eso tenía tanto peso en su buen juicio, que si no hubiera tenido más hijos que ella habría partido sin inquietudes; pero tanto recelo tenía de la conducta de sus otras hijas como confianza en la de Fineta. Y así, para estar tan seguro de los andares de su familia como ciertos creía que eran los de sus súbditos, tomó las medidas que voy a decir.

Fue a buscar un hada de las más hábiles y le describió la inquietud en la que estaba sumido con el ojo puesto en sus hijas.

—No es que —le dijo el rey— las dos mayores, que es por las que me inquieto, hayan hecho jamás ni lo más mínimo contra su deber, pero tienen tan poco espíritu,

---

[58]   Fineta = tela de algodón de tejido diagonal compacto y fino (RAE).

son tan imprudentes y viven en una falta de ocupación tan grande, que temo que durante mi ausencia vayan a embarcarse en alguna loca intriga, sólo por diversión. Estoy seguro de la virtud de Fineta, pero la trataré como a las otras para que todo sea igual. Por eso, hada sabia, os ruego que me hagáis tres ruecas de cristal para mis hijas, pero hechas con tal arte, que cada una se rompa en cuanto su propietaria haga algo contra su propio honor.

Como el hada era de las más hábiles, le dio al príncipe tres ruecas encantadas, trabajadas con todo el cuidado necesario para el propósito que él tenía. Pero él no se contentó con esta precaución, sino que llevó a las princesas a una torre[59] muy alta que habían construido en un lugar muy desierto. El rey dijo a sus hijas que les ordenaba residir en esa torre durante todo el tiempo de su ausencia, y que les prohibía recibir en ella a nadie, quienquiera que fuese. Les quitó a todos sus criados y, después de haberles regalado las ruecas encantadas cuyas cualidades les explicó, besó a las princesas y cerró las puertas de la torre. Tomó él mismo las llaves, y después partió.

Había tenido la precaución de atar a una de las ventanas de la torre una polea, y en ella habían puesto una cuerda, a la que las princesas ataban una canastilla que hacían bajar cada día. En esa canastilla se les ponían las provisiones para el día, y una vez que ellas la habían subido, retiraban la cuerda con cuidado y la guardaban en la estancia.

---

[59] Hay que entender aquí un castillo grande y complejo, con su alta torre y todas sus dependencias.

Indolente y Charlatana llevaban una vida en aquella soledad que las desesperaba; se aburrían hasta un punto que no podría explicarse; pero tenían que ser pacientes, porque les habían pintado tan terriblemente a las ruecas, que temían que el menor paso un poco equivocado las rompiera.

Fineta no se aburría en absoluto; su huso, su aguja y sus instrumentos musicales le proporcionaban mucho entretenimiento.

Así pues, ellas pasaban sus vidas tan tristemente y murmuraban contra su destino; y me parece que no les faltó decir que *valía más nacer feliz que hija de rey*. A menudo se asomaban a las ventanas de su torre, para ver al menos lo que ocurría en los campos. Un día, cuando Fineta estaba muy ocupada en su cuarto haciendo algún trabajo hermoso, sus hermanas, que se asomaban a la ventana, vieron que al pie de su torre había una pobre mujer, vestida de harapos destrozados y que lloraba sus penas de una manera muy conmovedora. Ella les rogaba con las manos juntas que la dejasen entrar en su castillo; les dijo que era una desgraciada extranjera que sabía mil clases de cosas, y que las serviría con la mayor fidelidad. Al principio, las princesas se acordaron de la orden que les había dado el rey de no dejar entrar a nadie en la torre, pero Indolente estaba ya tan harta de tener que servirse ella misma, y Charlatana tan aburrida de no tener a nadie más que sus hermanas para hablar, que las ganas de la una de que la peinasen con todo detalle y el afán de la otra de tener a alguien más para chismorrear, las llevaron a decidirse a dejar entrar a la pobre extranjera.

—¿Tú crees —dijo Charlatana a su hermana— que la prohibición del rey cae también sobre gentes como esta desdichada? Yo creo que podemos recibirla sin que haya consecuencias.

—Haz lo que te plazca, hermana —respondió Indolente.

Charlatana, que sólo esperaba este consentimiento, hizo bajar enseguida la canastilla; la pobre mujer se metió dentro y las princesas la subieron con ayuda de la polea.

Cuando la mujer estuvo ante sus ojos, la espantosa suciedad de sus vestidos las repugnó. Quisieron darle otros, pero ella les dijo que se los cambiaría al día siguiente y que en aquel momento sólo iba a pensar en servirlas. Cuando acababa de hablar, Fineta volvió de su cuarto. La princesa quedó extrañamente sorprendida al ver a la desconocida con sus hermanas. Ellas le dijeron por qué razones la habían hecho subir, y Fineta, que vio que era un hecho consumado, disimuló el pesar que tuvo por aquella imprudencia.

Pese a ello, la nueva criada de las princesas daba vueltas por todo el castillo bajo pretexto de servirlas, pero en realidad lo hacía para observar la disposición del interior.

Esta criatura cubierta de harapos era el hijo mayor de un poderoso rey, vecino del padre de las princesas. El joven príncipe, que era uno de los espíritus más artificiales de su época, gobernaba por entero al rey su padre; y no le hacía falta mucha sutileza para hacerlo, porque el rey aquél tenía un carácter tan dulce y fácil que se le había dado el apodo de *Muybenigno*. Al joven príncipe, ya que no actuaba sino por artificios y rodeos, las gentes le apodaban *el rico en cautelas, Ricautelas* para abreviar.

Tenía un hermano menor, que estaba tan lleno de buenas cualidades como su hermano mayor lo estaba de defectos. Sin embargo, a pesar de la diferencia de sus temperamentos, se veía entre estos dos hermanos una unión tan perfecta, que sorprendía a todos. Además de las buenas cualidades del alma que tenía el príncipe menor, la belleza de su rostro y la gracia de su persona eran tan extraordinarias que habían hecho que se le llamase *Bellodever*.

Ricautelas desechó los harapos que lo cubrían y dejó ver su vestimenta de caballero, cubierta de oro y pedrerías. Las pobres princesas quedaron tan espantadas al verlo, que se dispusieron a huir precipitadamente. Fineta y Charlatana, que eran muy ágiles, llegaron enseguida a sus habitaciones; pero a Indolente, que apenas tenía costumbre de andar, la alcanzó el príncipe en un instante.

Inmediatamente, el príncipe se echó a sus pies, le contó quién era y le dijo que la fama de su belleza y sus retratos lo habían llevado a abandonar su deliciosa corte para venir a ofrecerle sus promesas y su fidelidad. Al principio, Indolente estaba tan extraviada que no podía responder al príncipe, que seguía aún a sus pies; pero como él, diciéndole mil cosas dulces y haciéndole mil declaraciones, le suplicaba con ardor que lo recibiera como esposo, desde ese mismo momento su molicie natural no le dejaba fuerzas para luchar y le dijo negligentemente a Ricautelas que le creía sincero y que aceptaba sus palabras. Pero también por ello perdió su rueca, que se rompió en mil pedazos.

Al día siguiente, el dañino príncipe llevó a Indolente a un apartado bajo que se hallaba al extremo del jardín, y allí la princesa manifestó a Ricautelas la inquietud que tenía por sus hermanas, aunque no se atrevía a presentarse ante ellas por temor a que la increpasen. El príncipe, tras algunas palabras, salió y encerró a Indolente sin que ella se diera cuenta; acto seguido se puso a buscar a las princesas con mucho cuidado.

Pasó un tiempo sin que pudiera descubrir en qué habitaciones se habían encerrado. Al final, como las ganas que tenía Charlatana de hablar siempre fueron la causa de que la princesa hablase sola para quejarse, el príncipe se acercó a la puerta de su cuarto y la vio por el ojo de la cerradura.

Ricautelas le habló a través de la puerta y le dijo, como antes dijo a su hermana, que él había emprendido la entrada a la torre para ofrecerle su corazón y su fidelidad. Alababa exageradamente su belleza y su ingenio, y Charlatana, que estaba muy convencida de que tenía méritos al extremo, fue lo bastante insensata como para creer lo que el príncipe le decía. Ella le respondió con un torrente de palabras, que no eran muy descorteses, y por fin abrió la puerta a este seductor. Cuando la hubo abierto, él hizo de nuevo perfectamente su comedia y volvió a exagerar su ternura y las ventajas que ella encontraría al casarse con él. Le dijo, como había hecho con Indolente, que ella debía aceptar su fidelidad en ese mismo instante, porque si ella iba a reunirse con sus hermanas, estas no dejarían de oponerse, ya que él era, sin contradicción alguna, el príncipe vecino más poderoso y parecería más seguramente un partido para la mayor, y no para ella; y que de este modo esa princesa no consentiría jamás una unión que él deseaba con todo el ardor imaginable. Charlatana, tras muchas palabras que nada significaban, fue tan disparatada como había sido su hermana; aceptó al príncipe como esposo, y no se acordó de los efectos de su rueca de cristal hasta que esta se rompió en mil pedazos.

Sin embargo, hacia la noche, Charlatana no tenía ganas de ir a buscar a sus hermanas: temía, con razón, que no pudiesen aprobar su conducta; pero el príncipe se ofreció a ir a buscarlas, y dijo que no le faltarían medios para persuadirlas a que diesen su aprobación. Tras estas promesas, la princesa, que no había dormido en toda la noche, se adormeció, y mientras dormía Ricautelas la encerró con llave, como había hecho con Indolente.

¿No es cierto que Ricautelas era un gran canalla, y estas dos princesas unas personas cobardes e imprudentes?

Cuando este pérfido príncipe hubo encerrado a Charlatana, fue por todas las habitaciones del castillo, una tras otra, y como las encontró todas abiertas, llegó a la conclusión de que la única que veía cerrada desde dentro era seguramente donde se había retirado Fineta. Como había compuesto una perorata redonda, fue a decir rápidamente a la puerta de Fineta las mismas cosas que les había dicho a sus hermanas. Pero esta princesa, que no era una incauta como sus hermanas mayores, lo escuchó mucho tiempo sin responder. Finalmente, al ver que él había averiguado que ella estaba en esa habitación, le dijo que si era cierto que él sentía por ella una ternura tan fuerte y tan sincera y quería convencerla de ella, le rogaba que bajase al jardín y que cerrase la puerta tras de sí; que ella le hablaría luego, tanto como él quisiera, por la ventana de su cuarto, que daba al jardín.

Ricautelas no quiso aceptar esta parte, y como la princesa seguía obstinándose en no querer abrir, este príncipe malvado, inflamado de impaciencia, fue a buscar un madero y forzó la puerta. Encontró a Fineta armada con un gran martillo, que se habían dejado por casualidad en un guardarropa que estaba cerca de su estancia. La emoción animaba la tez de la princesa, y aunque sus ojos estuvieran llenos de cólera, le pareció a Ricautelas de una belleza encantadora. Él quiso arrojarse a sus pies, pero ella le dijo valientemente dando un paso atrás:

—Príncipe, si os acercáis a mí, os hendiré la cabeza con este martillo.

—¡Vaya!, bella princesa —exclamó Ricautelas con su tono hipócrita—, ¿es que el amor que se tiene por vos se merece acaso un odio tan cruel?

Se puso a predicarle otra vez, pero de una punta de la estancia a la otra, sobre el violento ardor que le había suscitado la fama de su belleza y de su maravilloso entendimiento. Añadió que sólo se había disfrazado para venir a ofrecerle con todo respeto su corazón y su mano; y le dijo que ella debía achacar a la violencia de su pasión la osadía que había tenido al forzar su puerta. Acabó queriendo convencerla, como había hecho con sus hermanas, de que era de su conveniencia recibirlo como esposo lo antes posible. Y le dijo también a Fineta que no sabía dónde se habían retirado las princesas, sus hermanas, porque no se esforzó en buscarlas ya que no soñaba más que en ella.

La princesa habilidosa fingió que se calmaba y le dijo que era preciso buscar a sus hermanas, y que después tomarían medidas todos juntos; pero Ricautelas le respondió que no podía decidirse a ir a buscar a las princesas hasta que ella hubiera consentido en hacerle su esposo, porque sus hermanas no dejarían de oponerse debido a sus derechos de mayorazgo.

Fineta, que desconfiaba con razón de este pérfido príncipe, sintió que sus sospechas se redoblaban con esa respuesta. Temblaba por lo que pudiera haberles sucedido a sus hermanas, y se decidió a vengarlas con el mismo golpe que a ella le haría evitar una desgracia semejante a la que creía que ellas habían tenido. La joven princesa le dijo pues a Ricautelas que consentía sin dificultad en casarse con él, pero que estaba convencida de que los casamientos que se hacían de noche eran siempre desgraciados, y que por ello le rogaba que se pospusiera la ceremonia de otorgarse fidelidad recíproca hasta la mañana siguiente. Añadió que le prometía que no avisaría de nada a sus hermanas, y le dijo que le rogaba que la dejase un corto tiempo sola, para pensar en el cielo, y que seguidamente ella lo llevaría a una estancia donde él encontraría un lecho muy bueno, y que después ella volvería a encerrarse en sus habitaciones hasta el día siguiente.

Ricautelas, que no era un personaje muy animoso y que veía que Fineta seguía armada con el gran martillo al que manejaba como si fuera un abanico; Ricautelas, digo, consintió en los deseos de la princesa y se retiró para dejarla meditar un rato. En cuanto se hubo alejado un poco, Fineta corrió a hacer un lecho sobre el agujero de una alcantarilla que había en un cuarto del castillo.

Esta estancia estaba tan limpia como cualquier otra, pero en el agujero de esa alcantarilla, que era bastante amplio, se echaban todas las basuras del castillo. Fineta puso dos palos muy endebles cruzados sobre ese agujero, luego hizo muy adecuadamente un lecho por encima y regresó enseguida a su estancia. Un momento después volvió Ricautelas, y la princesa lo condujo a donde acababa de hacer el lecho y se retiró.

El príncipe, sin desnudarse, se arrojó precipitadamente sobre el lecho, y como su peso hizo que los palitos se rompieran de golpe, cayó al fondo de la alcantarilla sin poder agarrarse. Se hizo muchos chichones en la cabeza y se golpeó fuertemente por todas partes. La caída del príncipe hizo un gran ruido en el conducto, que por otra parte no estaba muy alejado de la estancia de Fineta. Ella supo enseguida que su truco había tenido todo el éxito que se había imaginado, y sintió una secreta alegría que le pareció sumamente agradable. No puede describirse el placer que experimentó al oírlo chapotear en la alcantarilla. Bien se merecía este castigo, y la princesa tenía razón al estar satisfecha.

Pero su dicha no la embargaba tanto como para que no pensase en sus hermanas. Su primera preocupación fue buscarlas. Le fue fácil encontrar a Charlatana. Fineta entró en esa estancia con presteza, y el ruido que hizo despertó a su hermana con un sobresalto. Se quedó muy confusa al verla. Fineta le contó la manera como se había deshecho del ladino príncipe, que había venido a ultrajarlas. Charlatana fue golpeada por esta noticia como por el rayo, porque, a pesar de sus parloteos, estaba tan poco alumbrada que ridículamente había creído todo lo que

Ricautelas le había dicho. Todavía hay incautos así en este mundo.

Mientras tanto, Ricautelas pasó la noche con muy poco regocijo, y cuando llegó el día no fue mucho mejor. El príncipe se hallaba en una caverna cuyo horror completo no podía ver, porque allí la luz del día no entraba jamás. Con todo, a fuerza de atormentarse encontró la salida de la alcantarilla, que daba a un río bastante alejado del castillo. Encontró la manera de hacerse oír por las gentes que pescaban en ese río, del que lo sacaron en un estado que les daba lástima a aquellas buenas gentes.

Hizo que lo llevaran a la corte del rey, su padre, para curarse a placer; y la desgracia que le había acontecido le hizo fraguar un odio tan fuerte contra Fineta, que soñó menos en curarse que en vengarse de ella.

Fineta pasaba por momentos muy tristes; el honor le era mil veces más querido que la vida, y la vergonzosa debilidad de sus hermanas la llevaba a una desesperación que apenas podía dominar. Ricautelas, que ya era un astuto muy hábil, volvió a reunir todo su ánimo después de su aventura, para hacerse astutísimo. La alcantarilla y las contusiones no le proporcionaban tanto pesar como el despecho de haberse encontrado con alguien más agudo que él. Dudaba de la continuación de sus dos matrimonios, y para tentar a las dos princesas descompuestas, hizo que llevasen bajo las ventanas de su castillo unas grandes cajas llenas de árboles repletos de frutas excelentes. Indolente y Charlatana, que a menudo se asomaban a la ventana, no dejaron de verlas, enseguida se apoderó de ellas un ardiente deseo de comerlas y acosaron a Fineta para que bajara en la canastilla para ir a recogerlas. La bondad de esta princesa era muy grande, y para contentar a sus hermanas bajó y les trajo las hermosas frutas, que se comieron con la mayor avidez.

Al día siguiente, aparecieron frutas de otra especie. Nuevas ansias de las princesas, nueva bondad de Fineta. Pero los criados de Ricautelas, que estaban ocultos y habían fallado el golpe la primera vez, no la desaprovecharon esta: se apoderaron de Fineta y la llevaron ante los ojos de sus hermanas, que se arrancaban los cabellos de desesperación.

Los delfines de Ricautelas lo hicieron tan bien, que llevaron a Fineta a una casa de campo donde se hallaba el príncipe para acabar de recuperar su salud. Como estaba llevado de la furia contra la princesa, le dijo muchísimas cosas crueles, a las que siempre respondía ella con una firmeza y una magnanimidad de alma dignas de la heroína que era. Al final, después de haberla retenido prisionera unos días, hizo que la condujeran a la cumbre de una montaña sumamente alta, donde él mismo llegó un momento después que ella. En aquel lugar le anunció que iba a hacerla morir, y de una manera que lo vengaría de las jugarretas que ella le había hecho. Seguidamente, el pérfido príncipe le mostró salvajemente a Fineta un tonel completamente erizado por dentro de cuchillas, navajas, clavos y garfios, y le dijo que, para castigarla como se merecía, iban a echarla en el tonel y después lo harían rodar desde lo alto de la montaña hasta abajo.

A pesar de que Fineta no era romana, no temió el suplicio que se le preparaba más que lo que Régulo[60] temiera una vez a la vista de un destino semejante. La joven princesa conservó toda su firmeza y toda su presencia de ánimo. Ricautelas, en lugar de admirar su heroico carácter, se enrabió aún más por esto contra ella y planeó adelantar su muerte. Desde donde estaba, se agachó hacia la boca del tonel, que debía ser el instrumento de su venganza, para examinar si estaba bien provisto de todas sus mortíferas armas. Fineta, que vio que su perseguidor estaba distraído mirando, no perdió tiempo, lo arrojó hábilmente dentro del tonel y lo hizo rodar desde lo alto de la montaña hasta abajo, sin darle tiempo al príncipe a darse cuenta de ello. Después del golpe, emprendió la huida; y los criados del príncipe, que habían contemplado con extremo dolor la manera cruel con que su amo quería tratar a la amable princesa, no tuvieron el cuidado de correr tras ella para detenerla. Por otra parte, estaban tan asustados por lo que acababa de ocurrirle a Ricautelas, que no podían pensar en otra cosa que intentar detener el tonel, que rodaba violentamente. Pero sus esfuerzos fueron inútiles, el tonel rodó hasta la base de la montaña y ellos sacaron de allí a su príncipe cubierto de mil heridas.

El accidente de Ricautelas llevó a la desesperación al rey Muybenigno y al príncipe Bellodever. En lo tocante a los pueblos de sus dominios, estos no se sintieron muy conmovidos por ello. Ricautelas era muy odiado por estas gentes, y hasta se extrañaban de que el joven príncipe

[60] Marco Atilio Régulo, cónsul romano que fue torturado de manera similar por los cartagineses.

Bellodever, que poseía sentimientos tan nobles y generosos, pudiera querer tanto a su indigno hermano mayor.

Pero el buen corazón de Bellodever era tal que se apegaba a todos los de su sangre; y Ricautelas siempre había tenido la destreza de manifestarle tanta amistad, que este joven príncipe no hubiera podido perdonarse jamás si no respondía con viveza por ello. Así pues, Bellodever tuvo un dolor muy fuerte ante las heridas de su hermano, y lo utilizó todo para intentar curarlas prontamente; sin embargo, a pesar de los cuidados apresurados que tomó todo el mundo, nada aliviaba a Ricautelas; muy al contrario, sus heridas parecían envenenarse cada vez más, hasta tal punto que se vio que era preciso que muriese de ellas.

Bellodever estuvo transido de dolor por ello; y Ricautelas, pérfido hasta en el último momento, pensó en abusar de la ternura de su hermano.

—Tú me has querido siempre; en lo que toca a la vida, me muero, pero si te he sido verdaderamente querido, prométeme que me concederás el ruego que voy a hacerte.

Bellodever, que en el estado en que veía a su hermano se sentía incapaz de negarle nada, le prometió, con los más terribles juramentos, que le concedería todo lo que le pidiera. En cuanto Ricautelas hubo oído esos juramentos, besó a su hermano y le dijo:

—Muero consolado, príncipe, puesto que seré vengado; porque la plegaria que tengo que hacerte es que pidas a Fineta en matrimonio en cuanto yo muera. Sin duda conseguirás a esta maléfica princesa, y en cuanto esté en tu poder, hundirás un puñal en su seno.

Bellodever se estremeció de horror por estas palabras, se arrepintió de la imprudencia de sus juramentos, pero ya no era el momento de desdecirse y no quiso dar testimonio alguno de su arrepentimiento a su hermano, que expiró poco tiempo después. El rey Muybenigno experimentó un dolor agudo por su muerte. Pero su pueblo, lejos de lamentar la muerte de Ricautelas, estaba encantado de que su muerte asegurase la sucesión del reino a Bellodever, cuyos méritos apreciaba todo el mundo.

Fineta, que había vuelto venturosamente con sus hermanas, se enteró muy pronto de la muerte de Ricautelas y, poco tiempo después, anunciaron a las tres princesas el regreso del rey, su padre. El rey llegó con celeridad a su torre, y su primera ocupación fue ver las ruecas de cristal. Indolente fue a buscar la rueca de Fineta y se la mostró al rey; y después de hacer una profunda reverencia, llevó la rueca adonde la había sacado. Charlatana hizo la misma artimaña; y Fineta, a su vez, llevó su rueca. Pero el rey, que era desconfiado, quiso ver las tres ruecas a la vez. Sólo Fineta pudo mostrar la suya, y el rey entró en un furor tal contra sus dos hijas mayores, que las envió en ese mismo instante al hada que le dio las ruecas, rogándole que las guardase toda la vida cerca de ella y que las castigase como se merecían.

El buen corazón de Fineta le hizo sentir un dolor muy vivo por el destino de sus hermanas, y en mitad de sus pesares se enteró de que el príncipe Bellodever la había pedido en matrimonio al rey, su padre, que lo había consentido sin advertírselo; porque en aquellos tiempos los afectos de las partes eran lo que menos se tenía en consideración para los matrimonios. Fineta tembló por esta noticia, pues tenía miedo, con razón, que el odio que Ricautelas le tenía se hubiese pasado al corazón del hermano que él quería tanto, y temió que el joven príncipe quisiera casarse con ella para sacrificarla a su hermano. Colmada de esta inquietud, la princesa fue a consultar con el hada buena, que la quería tanto como despreciaba a Indolente y a Charlatana.

El hada no quiso revelarle nada a Fineta, solamente le dijo:

—Princesa, sois juiciosa y prudente; por vuestra conducta, vos no habéis tomado hasta ahora medidas tan justas sin que os hayáis puesto siempre en el ánimo que *la desconfianza es la madre de la seguridad*. Seguid acordándoos vivamente de la importancia de esta máxima, y llegaréis a ser feliz sin la ayuda de mis artes.

Como Fineta no pudo conseguir otra explicación del hada, volvió al palacio presa de una extremada agitación.

Unos días después, la princesa se casó, por medio de un embajador en nombre del príncipe Bellodever, y la llevaron a encontrarse con su esposo en una compañía magnífica.

Cuando Bellodever la vio, quedó impresionado por sus encantos. Se los alabó, pero de una manera tan confusa, que las dos cortes, que sabían lo espiritual y galante que era este príncipe, creyeron que estaba tan vivamente conmovido, que a fuerza de enamorado perdía su presencia de ánimo. Toda la ciudad resonaba con gritos de alegría y no se oían más que músicas y fuegos artificiales por todas partes. Por fin, tras una cena magnífica, pensaron en llevar a los dos esposos a sus habitaciones.

Fineta, que se acordaba todavía de la máxima que el hada había renovado en su alma, tenía un propósito en la cabeza. La princesa se había llevado a una de las sirvientes, que tenía la llave del gabinete de las estancias que le destinaron, y le había dado orden a esta mujer de que llevase a ese gabinete paja, una vejiga, sangre de cordero y las vísceras de algunos de los animales que se comieron en la cena. La princesa entró en ese gabinete, bajo algún pretexto, y formó una figura de paja, en la cual metió las vísceras y la vejiga llena de sangre. Seguidamente, arregló a esta figura con un camisón de mujer y un gorro de dormir. Cuando Fineta hubo completado esta bonita marioneta, fue a reunirse con su compañía, y poco después fueron a llevar a la princesa y a su esposo a sus habitaciones. Cuando se hubo dado al aseo todo el tiempo que había que darle, la dama de honor se llevó los candiles y se retiró. Inmediatamente, Fineta echó su mujer de paja sobre el lecho y se ocultó en uno de los rincones de la estancia.

El príncipe, después de haber suspirado dos o tres veces muy alto, tomó su espada y la pasó a través del cuerpo de la supuesta Fineta. En ese mismo momento, sintió gotear la sangre por todas partes y encontró a la mujer de paja sin movimiento.

—¿Qué he hecho? —exclamaba Bellodever—, ¿qué? Después de tanto alboroto cruel, ¿qué?; después de haber titubeado tanto si mantendría mis juramentos a expensas de un crimen, ¡le he quitado la vida a una princesa encantadora a la que yo nací para amar! Sus gracias me han encantado desde el momento que la vi, ¡y sin embargo no he tenido la fuerza de liberarme de un juramento que un hermano poseído por la furia me había exigido por una sorpresa indigna! ¡Ay, cielos!, ¿puede pensarse en querer castigar a una mujer por tener virtud? ¡Pues bien!, Ricautela, he satisfecho tu injusta venganza, pero yo voy a vengar a Fineta a su vez por medio de mi muerte. Si, bella princesa, es preciso que la misma espada...

Fineta no quería que él hiciera tal tontería, así que le gritó: «Príncipe, no estoy muerta. Vuestro buen corazón me ha hecho adivinar vuestro arrepentimiento, y por medio de un engaño inocente, os he ahorrado un crimen».

Con esto, Fineta contó a Bellodever la previsión que había tenido respecto a la mujer de paja. El príncipe, transportado por la alegría de saber que la princesa vivía, admiró la prudencia que ella tenía en toda clase de ocasiones, y tuvo con ella una obligación infinita por haberle ahorrado un crimen en el que no podía pensar sin horrorizarse.

Sin embargo, si Fineta no hubiera estado siempre muy persuadida de que *la desconfianza es la madre de la seguridad,* hubiera sido muerta, y su muerte habría causado la de Bellodever.

¡Vivan la prudencia y la presencia de ánimo! Ellas protegieron a estos dos esposos de desdichas muy fatídicas para reservarlos al destino más dulce del mundo[61].

---

[61]   En este cuento no aparece moraleja alguna, a menos que el último párrafo, sin ese nombre, sirva para este propósito.

GRISÉLIDA

No lejos de los Alpes vivía un príncipe, joven y valiente, a quien la naturaleza había colmado de dones, y era de todos muy amado. Su instrucción era elevada, su valor en la guerra le había ganado justa fama y su afición a las Bellas Artes era mucha. Como era hombre de elevados sentimientos, deseaba realizar grandes proyectos y cuanto puede hacer digno a un príncipe de ocupar un puesto privilegiado en las páginas de la Historia. Se propuso merecer esta distinción dedicándose con predilección a labrar la felicidad de su pueblo, por parecerle esta gloria más sólida que la que se conquista en los campos de batalla. Pero tenía el príncipe un defecto, cosa nada rara, pues la imperfección es difícil si no imposible. Y este defecto consistía en su monomanía contra las mujeres, porque en ellas sólo veía engaño y perfidia. Hay otros hombres que tienen tal obsesión, necia y vulgar, que, por lo visto, también puede alcanzar a los grandes de la tierra. Como estaba dominado por esa idea, hizo el propósito de permanecer soltero. Esto proporcionaba un gran disgusto a sus súbditos, quienes, por lo demás, estaban muy contentos con él, pues empleaba las mañanas en el despacho de los asuntos del Estado, en los que procuraba administrar recta justicia, amparar a los débiles, a las viudas y a los huérfanos y disminuir los impuestos. Las tardes las dedicaba a la caza.

Los súbditos temían que al morir tan buen príncipe no hubiese quien le sucediera en el trono, y decidieron enviarle una delegación para suplicarle que se casara. Buscaron al mejor de los oradores para que pronunciara el discurso. El elegido pasó muchos días estudiando lo que había de decir al príncipe y, por último, pronunció sus palabras ante los comisionados con aire grave. En su discurso le dijo, en resumen, que la felicidad del Estado exigía que contrajera matrimonio[62].

El príncipe contestó:

—Vuestras palabras expresan vuestro afecto, y deseo complaceros; pero debéis tener presente que el matrimonio es asunto delicado, pues muchas jóvenes que son modestas, pudorosas y buenas al lado de sus padres, se transforman una vez casadas y se convierten en malas las cualidades que antes eran excelentes. La cándida se convierte en coqueta; la prudente, en alborotadora; la que era alegría de su casa, en infierno de la del marido; la económica, en derrochadora; la modesta, en imperiosa; y la que no se atrevía a levantar la voz en el hogar paterno, quiere mandar completamente en el del esposo. Me espantan tales defectos; pero como quiero contentaros, buscad una joven bella, sin orgullo y sin vanidad, obediente y que no tenga más voluntad que la de su marido, y cuando hayáis dado con ella, será mi esposa.

Dada la respuesta, el príncipe montó a caballo y se dirigió rápidamente en busca de su traílla, que se había adelantado y lo esperaba en la llanura. En cuanto llegó, soltaron los perros, resonaron las trompas y comenzó la

---

[62] Hoy diríamos «la razón de Estado».

cacería. El príncipe ganaba a todos en ardor, y tanto fue este y tanto se alejó el príncipe de su comitiva, que, al detener el caballo cubierto de sudor después de una vertiginosa carrera, observó que estaba solo y que no oía los ladridos de los perros ni los ecos de las trompas.

Se hallaba en un lugar encantador, donde los arroyuelos murmuraban, las flores del prado perfumaban el ambiente y los verdes árboles daban fresca sombra. Mientras estaba extasiado en la contemplación de la naturaleza, apareció a su vista una joven, y tal efecto le produjo, que creyó eran los ojos del corazón los que la miraban y no los del cuerpo. La joven era una pastora que estaba apacentando su rebaño y mientras tanto hilaba a orillas de un arroyo. Su tez era blanca, sus mejillas recordaban las rosas, sus labios el clavel, sus ojos el azul del cielo y su mirada la luz de las estrellas[63].

El príncipe no se cansaba de mirarla. Se dirigió hacia ella, y como con el ruido ella levantó la cabeza y lo vio, de tal manera se tiñó de grana su rostro, que el príncipe creyó que aquel día la aurora se había asomado dos veces en el horizonte[64]. Bajo su rubor el príncipe descubrió una sencillez, una dulzura y una sinceridad de que las que había creído incapaz al bello sexo, y presa de una emoción hasta entonces desconocida, se acercó con timidez a la pastora y le dijo:

—He perdido de vista a mis compañeros. ¿Podríais decirme si la cacería ha pasado por aquí?

---

[63] Es la descripción clásica, de origen sin duda medieval, de la belleza femenina recurrente en este tipo de cuentos.

[64] Nótese la belleza poética de las descripciones.

—No, señor —contestó la joven—; pero os enseñaré un camino que os llevará al lado de vuestros amigos.

—Gracias, bella joven —añadió el príncipe—. Muchas veces he estado en estos lugares, pero hasta ahora no he sabido ver lo más precioso que hay en ellos.

Al decir estas palabras, se agachó para beber en el arroyo y apagar la ardiente sed que le devoraba.

—Esperad un momento —añadió ella.

Saltando como un jilguero, fue a su cabaña y volvió con la sonrisa en los labios para ofrecer al príncipe un vaso que, a pesar de ser de barro, le pareció más precioso que los de oro y plata. Después de haber bebido, la pastora lo guió a través del bosque. El príncipe se fijaba en los sitios por donde pasaban, porque deseaba ver de nuevo a la joven. Por último, descubrieron la llanura y, a lo lejos, el palacio del príncipe, que se separó de la pastora no sin tristeza. Pensando en ella, se encaminó a paso lento a su suntuosa morada. Tan grabada tenía su imagen en su corazón, que al día siguiente salió a cazar antes que de costumbre y, guiándose por sus recuerdos, dio con el arroyo, con el rebaño y con la pastora.

Entabló conversación con ella y supo que era huérfana de madre y vivía con su padre. Su nombre era Grisélida. Se alimentaban de los frutos de la tierra y de la leche de las ovejas, cuya lana hilaba ella, y tejía los vestidos sin recurrir para nada a la ciudad. A medida que oía a la joven, la llama del amor iba en aumento en el corazón del príncipe, porque se le aparecían las bellezas del alma de la pastora. Se despidió de ella con sentimiento, y al llegar a su palacio mandó reunir su Consejo y le dijo:

—Mis pueblos quieren que me case y, accediendo a sus deseos, he buscado la mujer que ha de compartir conmigo el trono. Entre vosotros la he hallado y es hermosa, prudente y honesta. Al elegirla de este país, he hecho lo que mis antepasados hicieron muchas veces. No os diré quién es la elegida hasta el día de la boda.

La noticia cundió con tanta rapidez que en poco tiempo no hubo quien la ignorara. La alegría era general, y grande la satisfacción del orador que había expuesto al príncipe la conveniencia de casarse, pues atribuía únicamente a su discurso el mérito de la decisión del príncipe. Cada joven creyó que ella era la elegida y todas se vistieron con coquetería, hablaron con melindre y se peinaron con esmero. Comenzaron los preparativos para los festejos públicos; se levantaron arcos, se construyeron preciosos carros triunfales, se prepararon castillos de fuegos artificiales y se anunciaron funciones gratuitas.

Por fin llegó el tan esperado día de las bodas. Antes del amanecer ya estaba todo el mundo levantado, en especial las jóvenes casaderas, que esperaban la llegada del mensajero que debía pronunciar el nombre de la elegida. El pueblo entero se lanzó a la calle, donde los soldados mantenían la circulación. Resonaron músicas, clarines y tambores en el palacio, y por último salió el príncipe rodeado de su corte. Lo acogieron con entusiastas aclamaciones. Todos lo seguían con la mirada, y la sorpresa fue general al verlo salir de la ciudad y dirigirse al vecino bosque, como tenía por costumbre todos los días. La alegría se volvió desencanto, pues el pueblo supuso que, dominado por su pasión por la caza, se había olvidado de la boda.

La sorpresa de la corte no era menor que la del pueblo, y fue en aumento cuando el príncipe se internó en lo más profundo del bosque. Al llegar ante la cabaña de la pastora, se detuvo. En aquel momento salía Grisélida con un vestido nuevo, pues hasta ella había llegado la noticia del casamiento y quería ir a la ciudad para ver los festejos.

—¿A dónde vais? —le preguntó el príncipe con amoroso y dulce tono, mirándola tiernamente—; no apresuréis el paso, pues la boda no puede realizarse sin vos. Yo soy el príncipe y os he elegido entre todas las bellezas de este país para pasar con vos el resto de mis días, si mi corazón se ve correspondido por el vuestro.

Llena de asombro y dominada por la emoción, la pastora balbuceó:

—¡Ah señor; cómo he de creer que sea cierto lo que decís, si soy una humilde campesina!

—Pero reináis en mi corazón. Vuestro padre, a quien he hablado, aprueba que seáis mi esposa, y para la boda sólo falta vuestro consentimiento. Deseo que la tranquilidad reine en mi hogar, y os ruego que juréis que nunca tendréis otra voluntad que la mía.

—Lo prometo y lo juro —contestó ella—. Aunque me hubiese casado con el último aldeano, su yugo me sería dulce y le obedecería en todo. ¡Cuál no será mi obediencia si hallo en vos a mi señor y esposo![65]

---

[65] Discurso que el feminismo de hoy consideraría inadmisible. Pero tengamos de nuevo en cuenta la época y que estos son cuentos populares fantásticos, no sujetos a la corrección política o social actual. Ver más sobre este tema en la *Presentación*.

La corte aplaudió la elección. Las señoras que formaban parte de la comitiva entraron con Grisélida en la cabaña y le pusieron los vestidos que llevan las novias de los reyes. Todas se esmeraron en su obra, y mientras tanto admiraban el aseo de aquella humilde morada, que se cobijaba a la sombra de un plátano y parecía una mansión llena de encantos.

Al aparecer Grisélida, todos aplaudieron y celebraron su belleza, realzada ahora por el rico traje, pero el príncipe casi hubiera preferido verla con los sencillos vestidos de pastora. Los novios tomaron asiento en un soberbio carruaje de oro y de marfil y el príncipe se mostró más orgulloso al lado de Grisélida que cuando hacía su entrada triunfal después de haber conseguido una victoria. Seguidos de la corte se pusieron en marcha, y antes de llegar a la ciudad encontraron a todos sus habitantes, que se habían desparramado por la llanura esperando con impaciencia el regreso. El carruaje rodaba con dificultad entre la inmensa muchedumbre, que, en cuanto pasaban los novios, se unía a la comitiva que avanzaba en medio de incesantes aclamaciones, tan ruidosas que muchas veces llegaron a espantar a los caballos.

Celebrada la boda, fueron a palacio y comenzaron las fiestas, tan magníficas que no había recuerdo de otras semejantes. Grisélida, rodeada de sus damas, hablaba sin orgullo, pero como si hubiese nacido princesa; y en todo demostró tanta circunspección que no hubo quien no la admirara. Ajustó sus maneras a las de la corte, procuró estudiar el carácter de cuantos la rodeaban, y al poco tiempo los gobernaba con la misma facilidad con que antes guiaba su rebaño.

Antes de terminar el año, el cielo bendijo su unión y nació una princesita. Hubieran preferido sus padres un varón, pero tantos eran los encantos de la niña que en ella concentraron todo su cariño. El príncipe no se cansaba de mirarla y la madre no apartaba de ella los ojos. Grisélida se empeñó en ser su nodriza, y decía que nadie criaría a su hija como ella.

Fuese que su pasión había disminuido, o que la mala idea que antes se tenía formada de las mujeres se había renovado, creyó el príncipe que había poca sinceridad en las palabras y en los actos de su esposa. Comenzó a observarla primero, a vigilarla después, a contrariarla luego; acabó por mostrarse tan extremado que no permitió que saliera del palacio ni consintió que tomase parte en los placeres de la corte. Como si esto no fuera bastante, la tuvo encerrada en su aposento, y se mostró desconfiado hasta de la luz del día, que sólo consintió que entrara a medias. Por último, le pidió de manera brusca que le entregase todas las joyas que como prueba de amor le había regalado el día de su boda, para que no realzara con adornos su natural belleza. Grisélida se las dio con el mismo placer con que las había recibido, porque se dijo que entonces, como ahora, complacía a su marido, cuya voluntad debía ser la suya.

—Mi esposo y señor —pensó— me mortifica para ponerme a prueba, y hace bien, puesto que en medio de los placeres podría debilitarse mi virtud. Si ese no es el propósito de mi marido, entonces bendito sea Dios, que prueba mi constancia y mi fe, de cuya suprema bondad soy deudora, ya que por medio de tantas contrariedades quiere corregir mis defectos. Bendito sea ese rigor, que por más que me haga sufrir es tan provechoso; y bendita sea la bondad paternal de Dios y la mano de que se sirve para mi salvación.

A pesar de que Grisélida obedecía sin rechistar todas las órdenes del príncipe, este se decía: «Su virtud es fingida y su resignación hipócrita se debe a que no la he herido en lo que más ama. Su hija ha de vencerla».

Entró en su cámara y la encontró jugando con la princesita después de haberla amamantado.

—Mucho la amas —murmuró su marido—, pero es necesario que te separes de ella porque quiero que desde la más tierna edad se formen sus costumbres y, además, debo preservarla de ciertos defectos que a tu lado podría adquirir. La buena suerte ha querido que encontrase una dama de talento que sabrá infundir en su alma todas las virtudes y darle la educación que corresponde a una princesa. Por lo tanto disponte a separarte de tu hija, pues en breve vendrán por ella.

Pronunciadas estas palabras, salió el príncipe de la estancia, pues no tuvo el corazón lo bastante duro para presenciar el cumplimiento de sus órdenes y ver cómo arrebataban la única prenda de su amor a Grisélida, que llorando y abatida esperó el fatal momento. Cuando apareció la persona encargada de dar cumplimento al mandato del príncipe, la infeliz madre murmuró:

—Es necesario obedecer.

Abrazó a su hija; parecía que quería devorarla con la mirada, la besó con la efusión del cariño maternal, y llorando a mares se separó de ella.

Cerca de la ciudad había un monasterio famoso por su antigüedad, habitado por monjas sujetas a una regla austera y regidas por una abadesa ilustre por su piedad. Allí fue llevada la niña sin declarar su nombre ni su cuna; si bien algunas preciosas alhajas que se le hallaron indicaron que no quedarían sin recompensa los cuidados que se le prodigaran. El príncipe se entregó con más ardor que antes a los violentos ejercicios de la caza para ahogar la voz de su conciencia, que le reprendía su crueldad, y cuando volvió a presentarse ante su esposa, lo hizo con el recelo del que va a hallarse frente a una fiera a la que ha arrebatado sus pequeñuelos; pero Grisélida lo recibió con la misma ternura y tuvo para él sonrisas tan dulces como en los mejores días de su felicidad. Tal proceder lo conmovió, pero la desconfianza logró dominarlo; y dos días después, como quería someter a su esposa a más rudas pruebas, le dijo con fingido sentimiento que su hijita había muerto.

Tan funesto fue el efecto producido por la terrible noticia, que el príncipe sintió por un instante el vehemente deseo de poner término al dolor de Grisélida y decirle que la noticia era inexacta; pero, siempre desconfiado, quedaron vencidos los nobles ímpetus de su corazón. La infeliz princesa procuró hacerse superior a sus penas y mostrarse cada vez más amante con su marido.

Quince años transcurrieron sin que nada turbase la paz perfecta en que vivían. Se mostraban ambos igualmente cariñosos, y si alguna vez el príncipe la contrariaba, era para mostrarse después más enamorado. Mientras tanto creció la joven princesa, hermosa, reflexiva, dulce, candorosa, vivo retrato de su encantadora madre, a cuyas cualidades unía las nobles virtudes de su ilustre padre. La vio por casualidad un joven cortesano de alta alcurnia, en quien la belleza y los dotes superaban a la cuna, y de ella se enamoró locamente. Adivinó la princesa el amor que inspiraba, y transcurrido algún tiempo, también ella acabó por enamorarse. Quiso la casualidad que el príncipe ya se hubiese fijado en el joven y deseaba casarlo con su hija, pero, siempre desconfiado, se propuso ponerlos a prueba y discurrió de la siguiente manera:

«Quiero hacerles dichosos casándoles, pero antes es necesario que la zozobra y el temor les hagan apreciar en todo su valor su felicidad. Al mismo tiempo, realzaré por medio de la piedra de toque del sufrimiento la paciencia de mi esposa, no ya, como hasta el presente, para tranquilizar mi loca desconfianza, puesto que no me es posible dudar de su amor, sino para que su bondad, su dulzura y su admirable prudencia brillen a los ojos de todo el mundo y todos la respeten y admiren sus nobles y extraordinarias cualidades».

Inmediatamente manifestó a la corte que, como había muerto la hija nacida de su matrimonio, que calificó de loco, y como por lo tanto no tenía sucesión, quería tomar esposa de ilustre cuna para asegurar un sucesor al Estado, añadiendo que la futura princesa había sido educada en un convento.

Terrible fue la noticia para los jóvenes amantes. El príncipe dijo acto seguido a Grisélida que era necesaria la separación para evitar mayores desgracias, pues, indignado el pueblo por su humilde cuna, le obligaba a contraer una alianza más ilustre.

—Es necesario —añadió el príncipe—, que volváis a vuestra cabaña, y que vistáis antes las ropas de pastora que he mandado prepararos.

La princesa oyó pronunciar su sentencia, y procuró mostrarse resignada y sin despegar los labios para quejarse; y si bien hizo grandes esfuerzos para que su rostro permaneciese tranquilo, no pudo impedir que gruesas lágrimas rodasen por sus mejillas.

—Sois mi marido y señor —le dijo lanzando un suspiro y próxima a desmayarse— y por terribles que sean vuestras palabras, he de demostraros que nada me es tan querido como la obediencia cuando de vuestras órdenes se trata.

Inmediatamente después se retiró a sus habitaciones, se despojó de sus ricos trajes con la frente serena y sin murmurar, y volvió a vestir el pobre de pastora. Luego dijo al príncipe:

—No puedo alejarme de vuestro lado sin que me perdonéis por no haber sabido satisfacer todos vuestros deseos. Nada me importa la miseria, pero no puedo acostumbrarme a la idea de vuestro desprecio. Perdonadme y viviré contenta en mi pobre cabaña, sin que jamás disminuyan el respeto y el amor que os profeso.

Tanta sumisión y grandeza de alma reveladas bajo un humilde vestido, impresionaron con fuerza al príncipe, que sintió avivarse la llama de su pasión tan fuerte como en los primeros días y dio un paso para abrazar a

Grisélida; pero se contuvo, deseoso de no ceder hasta el último momento, y contestó con acento duro:

—He dado al olvido lo pasado. No me disgusta vuestro arrepentimiento. Podéis iros.

Grisélida se fue, apoyada en el brazo de su padre, que también había vuelto a tomar sus humildes vestidos, y ambos derramaban amargas lágrimas en silencio.

—Volvamos a nuestra cabaña —le dijo Grisélida—, y abandonemos sin pesar la pompa de los palacios. No hay tanta magnificencia en nuestra pobre morada, pero en cambio nos brinda la tranquilidad y la paz.

Apenas hubo llegado a la casita donde nació, volvió a hilar y a apacentar su rebaño, y se sentaba a orillas del arroyo donde por primera vez la había visto el príncipe. Con frecuencia levantaba los ojos al cielo para pedirle que colmara de dichas, riquezas y gloria a su esposo. El príncipe mandó que la llamaran y le dijo:

—Grisélida: quiero que la princesa con quien me caso esté contenta de vos y de mí. Mañana es la boda y os ordeno que me ayudéis para que nada turbe su alegría y sepa cuáles son mis deseos a fin de que pueda complacerme. Dispondréis sus habitaciones, teniendo en cuenta que se trata de una joven princesa a la que amo tiernamente, y para que os convenzáis de que es digna de mi cariño, quiero que la admiréis.

Vio Grisélida a la joven y le pareció que veía a la aurora; su corazón sentía afectos tan dulces como inexplicables. Al ver aquel hermoso rostro recordó los días felices que ya habían pasado, y murmuró:

—Si mi hija no hubiese muerto, sería tan bella como ella y tendría su edad.

Este recuerdo de madre despertó en su pecho tal amor por la joven, que dijo al príncipe con acento conmovido:

—Permitidme, señor, que os indique que esta encantadora princesa que va a ser vuestra esposa, educada en medio de todos los regalos, no podrá vivir a vuestro lado como yo he vivido sin que la muerte ponga término a vuestra felicidad. Nacida en humilde cuna, todo lo he sufrido, pero una palabra dura o seca a ella la mataría.

—Cuidad de lo que os importa —le contestó el príncipe con rudeza—, y cumplid mis órdenes. No consiento que una pastora me recuerde mis deberes.

Ante estas palabras, Grisélida bajó los ojos sin pronunciar palabra.

Invitada la corte a la boda, todas las damas y todos los caballeros se reunieron en un magnífico salón. Se presentó el príncipe, y les dijo:

—Muy engañadora es la esperanza, pero aún lo es más la apariencia, y si alguien lo duda se convencerá pronto de cuán cierto es lo que digo. Todos estáis convencidos de que rebosa contento el corazón de la joven princesa que va a ser mi esposa. Apariencia engañadora. Creéis que este joven, valiente en batallas, de ilustre estirpe, ve con satisfacción la boda de su príncipe. Apariencia engañadora. Suponéis que Grisélida llora en estos momentos presa de la mayor desesperación. Apariencia engañadora también, pues Grisélida inclina la cabeza ante la voluntad de su señor y nada ha podido agotar su paciencia. Por último, no hay entre vosotros quien no tenga la íntima convicción de que esta boda ha de ser el remate de mi felicidad. Otra apariencia engañadora. Difícil os parecerá el enigma, pero pronto lo comprenderéis. Sabed que la encantadora princesa es mi hija y la doy en matrimonio a este joven caballero que la ama entrañablemente y cuyo amor es correspondido; sabed también que, conmovido por la paciencia y cariño de la fiel esposa a quien he arrojado indignamente de este palacio, le abro mis brazos y mi corazón con el propósito de hacerle olvidar con mi ternura cuantas penas le ha ocasionado mi carácter receloso; y si mucho estudio puse en disgustarla para someterla a continuas y difíciles pruebas, mayor aún será mi afán por hacerla feliz. Si las generaciones venideras recuerdan los sufrimientos, que no lograron abatir su corazón, también recordarán su virtud.

Estas palabras devolvieron la alegría a algunos semblantes velados por la tristeza. La joven princesa, loca de contento al saber quién era su padre, se arrojó a sus pies. El príncipe la obligó a levantarse, la abrazó, la cubrió de besos y luego la llevó a su madre, que creyó morir de alegría; pues aquel corazón que no se había rendido a tantas penas, difícilmente pudo soportar tan extremado júbilo al ver llena de vida a su hija querida, a la que no había dejado de llorar, creyéndola muerta.

—Tiempo te quedará —le dijo el príncipe— para dar expansión a los sentimientos de tu alma. Ahora ponte los vestidos que tu rango exige y vamos a celebrar las bodas de nuestra hija.

Celebrado inmediatamente el matrimonio de los jóvenes novios, las fiestas se sucedieron a cuál más espléndida; y en la ciudad y en la corte sólo se habló durante mucho tiempo de la paciencia y de la virtud de Grisélida, que sin cesar había resistido tan duras pruebas y que mereció los elogios y la admiración de todos.

Moraleja

En el curso de la vida,
la virtud y la paciencia
sufren embates terribles
que las sujetan a prueba;
si de sus duros vaivenes
lograran salir ilesas,
tanto mayor será el mérito
cuanto más duros sean aquellos.

ÍNDICE